光文社文庫

文庫書下ろし

ペット可。ただし、魔物に限る ふたたび

松本みさを

光 文 社

この作品は光文社文庫のために書下ろされました。

contents

ペット可。ただし、魔物に限る ふたたび

Pets are allowed (only monsters)

カシェット緑ヶ丘の住人とペットたち

（ペット名／種類とその実体）

101号 猿渡大河《さるわたりたいが》

整体師として働く整骨院をクビになり、ここの管理人に。
まるを／フレンチブルドッグ（ケルベロス：冥界の番犬）

102号 馬場仁太郎《ばばじんたろう》

マンションの大家。YUDAの兄であり、発明家でもある。
エイドリアン／コウモリ（サルガタナス：上級魔族）

202号 狐塚嶺《こづかれい》・犬養岳《いぬかいがく》

アメカジレストラン「グーニーズ・カフェ」を経営。
二人は満月の光で狼に変わる人狼

203号 我如古《がねこ》かんな

スポーツジムのダンス・インストラクター。
壱、弐、参／モルモットのような小動物
（キジムナー：沖縄の妖怪）

205号 牛久保《うしくぼ》夫妻

ラーメン屋「みのきち」を夫婦で経営していた。
ご主人の牛久保稔太はミノタウロス（牛頭人身の怪物）

301号 蜂谷《はちや》一家

夫婦と娘の樹里《じゅり》の三人家族。
モルフォ蝶（妖精）

305号 YUDA《ユダ》

ビジュアルバンド界のカリスマ的存在のボーカルにして、
このマンションのオーナー。
ミーシャ／純白のボルゾイ（サタナキア：上級魔族）

第一話
Episode 1

扉の向こうの守護者《ガーディアン》

1

明けまして、おめでとう。

見上げた空に浮かぶのは、さんさんと輝く夏の太陽。でも思わず脳裏に浮かんだのは、年の始めにおなじみの挨拶《あいさつ》と同じ一文だった。

これが祝わずにいられようか。ようやく明けたのだ。長く続いた今年の梅雨《つゆ》が。

「海の日」という、夏の季節にこそふさわしい名を授けられた祝日を含んだ七月のこの三連休も、先日までの天気予報では傘マークが並んでいたのに、連休直前にして急転直下の梅雨明け宣言。絶好の行楽日和の幕開けで、観光地は大いに賑わうことだろう。

波寄せるビーチ。緑あふれる高原。アルバムの一頁《ページ》を飾る、そんな夏のワンシーンが頭をかすめたけれど、今の僕にはそれらは無縁の場所である。

連休中の僕には、重大な任務が課せられているのだ。

猿渡大河《さるわたりたいが》。ここ「カシェット緑ヶ丘《みどりがおか》」を守る、勇ましき門番であれ――という重要任務が。

東京都下、神奈川県との県境に位置する街・緑ヶ丘。都心へのアクセスも良好でありながら豊かな自然と閑静な住環境に恵まれたその街の南東、フランス語で「隠れ家」を意味する「cachette《カシェット》」の名のとおり、小高い丘の上にひっそりと建つのが「カシェット緑ヶ丘」である。三階建て、総戸数十五戸。外観はごく普通の小規模マンションではあるけれど、地下には通年利用可能の温水プールにフィットネスジム、屋上にはガーデンテラスに温室、パーティールームとして使用できるペントハウスという豪華絢爛《けんらん》な施設が備えられ、居住者のために開放されている。居室はもちろん、共有施設含めてすべてが「ペット可」な、愛犬家・愛猫家、大切なペットと暮らす僕のような人間にとっては、夢のような物件なのだ。

その夢物件へ越して四か月弱。引っ越し当日からハプニングに見舞われ、あれよあれよという間に日々は過ぎ、僕はここカシェット緑ヶ丘で管理人業務を引き受けるに至った。マンションの顔ともいうべきエントランスが見渡せる、大きなガラス窓を有する管理人室。海でも山でもない、この場所が連休中の僕の本拠地となるのだ。

「暑くないか？　まるを」

自己主張の強すぎる梅雨明けの太陽の下、外は朝からぐんぐんと絶賛気温上昇中だったけれど、管理人室の中はエアコンの力によって、快適な湿度と温度が維持されている。僕の愛犬・まるをは、潰れた鼻がチャームポイントの短頭種《たんとうしゅ》と呼ばれる犬種の一種・フレンチブルドッグ。この犬種は体温調節が苦手なため、暑さにめっぽう弱いので、室内といえどもエアコンの効きを常に気にかけてやらねばならない。

「ふごっ」

管理人室に設置された長机の下をのぞくと、短い四肢《しし》を投げ出し、まるでフレブルの敷物のようになって、お腹全体で床から涼を取っていたまるをが、鼻息で返事をする。管理人としての一日を迎えるに当たり、緊張と気合でガチガチの僕とは大違いの、無防備すぎる我が愛犬。永遠に眺めていられる愛くるしい姿に、一瞬僕は大切なことを忘れそうになる。

まるをが、ただのフレンチブルドッグではないことを——。

とそこへ、

——コンコン

ガラス窓をノックする硬い音が、頭上から降ってきた。

「あいたっ！」

上げた頭を思い切り机にぶつけた。目から火が出るような衝撃にクラクラしながらも、管理人室の窓を叩いた人物を確認しようと立ち上がる。

「お、おはようございます！」

ガラス窓の向こうの人物を確認して、思わず直立不動になる。受付に立っていたのは、三〇五号室の住民、且《か》つこのマンションのオーナーであるY《ユ》U《ー》D《ダ》Aさんだった。

大慌《おおあわ》てで窓を開けると、熱せられた空気と混じり合って、爽やかな森の香りがふわりと漂った。二十と数年の生涯において、こんなにもいい匂いのする男性を僕は知らない。

「おはよう。朝からご苦労様です」

かけていたサングラスをわざわざ外し、挨拶をしてくれる。そのまま石膏《せっこう》で固めて美術室に並べても違和感のない、整った顔立ちが露わになり、後光が差しているかのような眩《まぶ》しさを感じる。これが、ロックスターのオーラか。

「兄から聞いているよ。無理を言って、頼んでしまったのではないかな？」

「いえ、そんなことはまったく」

大学卒業後、国家資格を取得して働いていた整骨院から肩たたきにあった僕に、管理人業務を紹介してくれたのは、YUDAさんのお兄さんでもあるカシェット緑ケ丘の大家さんだった。

「そうかい？　ならいいけれど」

ビジュアルバンド界のカリスマ的存在である「グラン・グリモワール」のボーカルを務めるYUDAさんが、宝船に乗った七福神的な見た目の大家さんとご兄弟であるとは、失礼ながら未《いま》だに一ミリも信じられずにいただけに、実際にご本人の口から「兄」なんて聞くと、なんだか感動すら覚えてしまう。ザ・DNAの神秘。

「こうやってコンシェルジュがいてくれれば、僕としても非常に心強いよ」

「コンシェル？　あのホテルとかで、タクシー呼んでくれる人ですか？」

「そう。元々『Concierge《コンシエルジュ》』はフランス語でアパルトマンの管理人を意味するけれど、今はもっとプロフェッショナルな職業の呼称として使われているよね。顧客のニーズを余すことなく、最適なサービスで対応してくれる、接客のエキスパート。ホテルにデパートに空港、最近では病院の窓口でも見掛けるし、コンシェルジュを置くマンションも、このところ増えているよね」

「エ、エキスパート」

求められているハードルが、一気に跳ね上がった気がした。きっちりとスーツを着込んで、おへその上で両手を重ねて微笑《ほほえ》む、白い歯も鮮やかな殿方。自分の中のコンシェルジュのイメージと、今の自分を重ねる。マンションの顔となるのだから、清潔感が重要と白のポロシャツと紺のパンツを、今日のコーディネートに選んだけれど、ちょっとラフすぎたかもしれない。いやそれより、エキスパートと呼んでいただけるような対応を、果たしてこの僕がこなせるのだろうか。

「ああ大河君、そんなに難しく考えないでくれたまえ」

僕の目が泳いでしまっているのに気がついたのか、すかさずYUDAさんがフォローを入れてくれた。

「まずは君自身が、いや君とまるを君が、住み心地のいい場所となるように行動してくれれば、おのずと道は開かれるのではないかな」

机の下のまるをに目をやると、自分の名前を呼ばれたことに反応したのか、クリクリの目と視線が合った。

「わかりました。ご期待に沿えるよう頑張ります！　YUDAさんも、なんでも申し付けてくださいね。衣装のクリーニングとかミーシャ君の散歩とか、雑用諸々《もろもろ》引き受けますんで」

YUDAさんの愛犬・ミーシャは純白のボルゾイ。ロシア帝国の貴族たちに愛されていた、気品あふれる容姿にスラリとした体型は、飼い主のYUDAさんのイメージにピッタリなのだ。

「ふふ、頼もしいね。それじゃあ、行ってきます」

避暑地を訪れたマダムのようなつばの広い帽子と、きっちりと腕を覆《おお》った麻のジャケット。UV対策ばっちりのコーディネートのYUDAさんは、サングラスをかけると颯爽《さっそう》と夏空の下へと歩みを進めた。

「行ってらっしゃい」

駐車場に向かうYUDAさんの姿を見送る。

マンションを囲む遊歩道の先には、外の暑さを物語るかのようにアスファルトの上に逃げ水が揺らいでいる。

「そうだ」

日が高くならないうちに、打ち水をしてみるのはどうだろうか。夏の暑い日、祖父母の家ではよくばあちゃんが、ひしゃくと手桶《ておけ》の古くからの打ち水スタイルで、玄関先に水を撒《ま》いていたことを思い出す。

「おまえはここで待っていろよ」

暑さに弱い犬種の上に、熱を吸収しやすい黒毛のまるをを管理人室に残し、エントランスへと回る。マンションの玄関脇には散歩のあとのペットの足や体が洗えるよう、水場とシャワー付きのホースが備えられている。

水道をひねり、熱せられた路面に水を撒く。ハイスピードで地面に水が吸い込まれていく様子を眺めながらふと思い立ち、太陽を背にして水を撒いてみた。こうすれば……

「やった！　できた！」

水しぶきの中に、小さな弧《こ》を描いて虹ができた。調子に乗って水量を上げ、水の噴射角度をあれこれ変えてみる。

「おっ！　すごいぞ！　もう一個できた！　ダブルだ、ダブルレインボーだ!!」

吉兆だといわれる二重の虹。果たして無理やり作り出した七色の光のスペクトルだとしても、その効果はあるのだろうか。

水のカーテンに生まれたダブルの虹の向こうに建つ、マンションを見上げる。

カシェット緑ヶ丘。ここは、ただの「ペット可」物件ではない。

「何日か家をあけたいんだけれど、留守番頼めるかな？」

そう大家さんからお願いされたのは、先週末のことだった。

「いくつか参加したい会合が、地方であってね。ついでに、一〇五号室の入居希望者も探しはじめようかと思っているのよ」

目をキラキラさせて話す大家さんの様子から、その会合とやらが、彼が愛してやまない「不思議生物」に関するものであることが想像できた。カシェット緑ヶ丘の一〇五号室には、先日まで糸魚川《いといがわ》さんというご夫婦が住んでいた。緑介《ろくすけ》君という名前の小さな河童《かっぱ》と同居していた彼らが、緑介君のために、河童伝説が残る水と空気の綺麗な土地に引っ越していったのも、大家さんの「不思議生物好き仲間」の力添えがあったからだと聞いている。

妖怪・UMA《ユーマ》・魔獣・聖獣。空想上の生物だと信じて疑わなかった存在が、驚くほど身近に生息し、人間と共存していることを、このマンションに住むようになってから体験したいくつもの出来事によって学んできた。なんてったって、カシェット緑ヶ丘の住民が生活を共にするペットたちは皆、そんな特別で不思議な生物なのだから。

「了解です！　気を付けて行ってきてください」

整骨院は、来月のお盆休みの前に正式に退職することになっている。今までは隙間時間に簡単な手伝いをしていた程度だったけれど、大家さん不在のこの三連休は、彼に代わって責任を持って、管理人に徹してみようと引き受けた。

連休に入る前に、まだお会いできていない住民の方々に大家さんと一緒にご挨拶をしたかったのだけれど、整骨院の業務の引き継ぎに手間取る僕と、何かといつも忙しそうな大家さんとでそれは叶わなかった。

自分ひとりででも、連休中に挨拶に回ってみようかと考える。

でもいきなり訪れて、全員がすんなりと初対面の僕を受け入れてくれるだろうか。何しろ彼らの元には想像もつかない「特別」なペットたちが、人知れず暮らしているのだから。

じゃぶじゃぶとホースを全開にして作り出した、虹の向こうに建つ彼らの、そして僕とまるをの隠れ家を見上げる。

Over the Rainbow. 虹の彼方《かなた》に。

映画「オズの魔法使い」で、主人公・ドロシーが歌ったテーマソング。

今の僕に必要なのは、臆病なライオンが欲しがった「勇気」か、案山子《かかし》が必要とした「知恵」か。

「いや、ハートだ！　何より必要なのは、まごころだ！」

ブリキの木こりが求めた「心」。まごころを込め、誠心誠意お客様に向き合うことこそが接客の極意。

「やるぞ！　まるを!!」

まるをがいるであろう、管理人室へと振り返った。ホースごと。

「きゃあっ」

「わわわっ、す、すみませんっ！」

そこに誰かが立っていたとは知らずに。

「だ、大丈夫ですか。洋服、濡れちゃいませんでしたか？」

両手で胸を抑えて、エントランスで彫刻のように立ち尽くしていたのは、ひとりの女の子だった。驚かせてしまったのか、両目を大きく見開いて固まってしまっている。

「あ、あの……」

急いで蛇口の水を止め、改めて声を掛けると、

「大丈夫です。ただちょっとびっくりしちゃって」

ようやく聞き取れるかのような声で、女の子が答えた。白のブラウスに、膝下丈《ひざした》の黄色のスカートがチューリップの花のようにふんわりと膨らんでいる。脳内の記憶から、カシエット緑ヶ丘の住民名簿を引き出す。僕を含めて十五世帯。単身者用から家族向けまでいくつかの間取りがある中で、3LDKの二〇一号室と三〇一号室の二部屋には、お子さんのいるご家族が住んでいたはずだ。二〇一号室は小学生の男の子、三〇一号室は中学生の女の子、となると目の前にいるこの少女は、三〇一号室のお嬢さんだろうか？

「すみません。お出掛けですか？　いってらっしゃい」

私服でいるところを見ると、連休中に部活動があるわけではないようだ。というより、細く伸びた手足の白さからして、バリバリの運動部には見えなかったけれど。

「いえ、出掛けるわけじゃなくて。あの、新しい管理人さんですか？」

「は、はい、そうです。一〇一の管理人室に住んでいます。猿渡です」

「三〇一の、蜂谷《はちや》なんですけれど……」

やはり三〇一のお嬢さんだった。眉毛を八の字にさせている彼女に、

「はい。何かお困りごとですか？」

そう尋ねると、蜂谷さんのお嬢さんはこくりとひとつ頷《うなず》いた。

すわトラブル発生か。途端に緊張が全身を走ったけれど、

「お話、聞かせてください！」

必要なのは、まごころ込めた対応だと、すべてを受け止める覚悟で発した、エントランスに響き渡った自分の声が、この週末に巻き起こる騒動の幕開けになるとは、このときの僕は一ミリも予想していなかった。

2

この香りはなんだろう？　果物のような花のような、甘い蜜の香りが辺りを満たす。

三階を目指すエレベーターの中、香りの源は隣に立つ、蜂谷さんのお嬢さんに思えた。シャンプーなのか香水の類なのか、どちらにせよ女子中学生の香りを意識的に吸い込むのはどうなのかと、なんとなく呼吸を止めつつ、エレベーターの扉が開くのを待つ。

「音がするんです」

ガタガタという異音が、３ＬＤＫの三〇一号室の部屋の一室から聞こえてくるのだという。

「調べていただけませんか？」

お母さんは早朝から仕事へ、お父さんは海外出張に出ていて、ひとりでどうにもできないで困っている。そんな彼女の要望に応えて、一緒に三〇一号室へと向かった。

管理人室を出るときに、受付デスクのパソコンで、まるをのお気に入りの時代劇動画を流してやってきた。時代劇の何がそんなにまるをを惹きつけるのかは不明だが、恐ろしいほどの集中力で見てくれるので、留守番時には助かっている。

彼を同行させないのには、理由があった。

【三〇一号室　蜂谷一家。ご夫婦とお嬢さんの三人家族。そして一緒に暮らすのは、「妖精」】

事前に目を通していた居住者リストには、そう書かれていた。しかし、妖精よりも気になる表記が、リストの蜂谷一家の欄には加えられていた。「妖精」の二文字のあとにつけられた「※」のマーク。何か、追加情報があるのかと表の欄外を探すと、リストの下部にそれを見つけることができた。

※　蜂谷家の長女への対応は要注意

要注意とは、いったいどういうことだろう。もしかして、お嬢さんこそが「妖精」という意味なのだろうか。一〇四号室の愛子《あいこ》さんのペルシャ猫の姿を借りた、妖怪・猫又《ねこまた》のアレクサンドラは、時折人間の女の子の姿になって愛子さんのお店で働いている。二〇二号室の嶺《れい》君と岳《がく》君は、満月の光を浴びると狼に変わる人狼《じんろう》だけれど、普段は人間の姿で、緑ヶ丘の街でカフェを経営している。彼らと同様に、三〇一号室の妖精も人間に姿を変え、蜂谷家の長女として日常生活を送っているのでは？

「もうちょっと、深刻な問題なんだよねぇ」

その解答は、既に大家さんから聞いていた。簡潔に言えば、蜂谷家のお嬢さんは妖精ではなかった。しかし彼女には大家さんが言うように、カシェット緑ヶ丘の住民として、確かに対応に困ってしまうような問題点があった。

「あの子ねぇ、苦手なのよ。人間以外のいきもの全般が」

犬、猫、鳥に爬虫類《はちゆうるい》、ハムスターなどの小動物を含め、とにかく人《ひと》の形を持たない生物が恐怖の対象なのだという。

「昔はそんなことなかったのよ。もうホント、赤ちゃんの頃から知ってるんだから。樹里《じゆり》ちゃんのことは」

そうだ。住民リストにも書いてあった。蜂谷さんのご長女の名前は「樹里」と。

「何がきっかけでそんな」

「それがね、話すと長くなるんだけどね」

先日の晩、管理人業務を引き継ぐにあたり、大家さんに質問を重ねていたとき、結局その夜は、日をまたぎそうな時間になっていたので「また後日改めて」ということになったのだ。

（ちゃんと聞いておけばよかった）

まさかこんなに早く、蜂谷家のお嬢さん・樹里ちゃんと二人きりになるような状況が訪れようとは。

動物全般が苦手なら、まるをを同行させるわけにもいかず置いてきたけれど、それでは蜂谷家に住む妖精は「人型《がた》」をしているということだろうか。映画「ロード・オブ・ザ・リング」に登場するエルフは、尖った耳以外ほぼ人間と同じに見えた。主人公・フロドの種族ホビットも、身長こそ小さいが見た目は人間と変わらない。「ハリーポッター」の屋敷しもべも、広い目で見れば小さい子どもに見えなくもない。人型だからこそ、同居が可能なのだろうか。

隣にいるのだから本人に聞いてみればいいものの、「深刻」という大家さんが残したワードが気になり、おいそれとは口に出せない。

「どうぞ」

「おじゃまします」

ファミリータイプの3LDK。玄関を入って案内された蜂谷家のリビングルームは、以前訪ねた2LDKタイプの一〇五号室の糸魚川さん宅よりも、ひと回り広いかに思えた。白とグレーを基調にしたシンプルなデザインの家具で統一されてはいるものの、あちこちに飾られた色とりどりの生花が、華やかに部屋を演出している。そして壁に飾られている、何枚もの家族写真。晴れ着を着た幼い少女は、樹里ちゃんの七五三の際の写真だろうか。ランドセルを背負った写真、中学の制服を着た写真。子どもの成長に合わせて撮影された写真の数々には、大切な我が子への両親の愛情が深く感じられた。

バルコニーに向かって右手にひとつ、そして左手に別の部屋に続く開き戸のドアがあり、さらに左手奥にもうひとつ、引き戸タイプの茶色の扉があった。

――ガコンガコン
その茶色の扉の向こうから、彼女の言う「異音」が聞こえてきた。

「聞こえました？」

樹里ちゃんの問いに頷く。

「中を、調べてもらってもいいですか？」

「あの部屋は？」

「……母の飼っている、『虫』の飼育部屋です」

「虫⁉」

予想外の回答に、声が裏返った。まるまるひと部屋を使って、飼育している虫とは？　カブトやクワガタなどのブリーダーでもしているのだろうか？　少年の心がよみがえり、ちょっとワクワクしてしまった瞬間、

――ガコンッ、ガコンッ

その部屋から、さっきよりもさらに大きな、何かがガタつく音が起きた。

不審者の侵入の可能性はあるだろうか。何か武器になる物はと辺りを見渡しても、片付けられたリビングにその手の物は見つからず、取り敢えず玄関先で出してもらって履いていたスリッパを脱ぎ右手に持ち、扉へと向かう。

「あ、あの」

背後から掛けられた声に振り返ると、

「私、自分の部屋にいてもいいですか？」

不安げな顔の樹里ちゃんが、右手の部屋のドアを指さした。その手は小さく震えている。

「苦手、なんです。……虫」

目に入れるのも嫌なのだろうか。

「大丈夫です。部屋に入っていてください」

そう告げると、彼女はパタパタと自室へと駆けていく。その背中を見送った僕は、「虫の飼育部屋」だという引き戸に取り付けられた銀色の取っ手をつかみ、ゆっくりとスライドさせる。

「わぁ」

扉の向こうの光景に、思わず感嘆の声が出た。

六畳ほどの部屋の中は、様々な観葉植物と咲き乱れる花々で埋め尽くされていた。大小の植木鉢にプランター、水耕《すいこう》栽培というのだろうか、水を張ったガラス瓶に根を張り花をつけた植物が、所狭しと並べられている。屋上のガラス張りの温室のミニチュア版と呼べるような花と緑の癒《いや》しの空間が、マンションの一室に設けられていた。

「すごいな」

植物に詳しかったら、もっと気の利いた感想も浮かぶのだろうけれど、単純すぎる言葉しか出てこないのが歯がゆい。

「あれ?」

生い茂る緑の隙間を縫うようにして、ふわふわと動く何かが目の端に映った。

「なんだ？」

動く物体に、意識を集中させる。背の高い観葉植物の葉っぱの裏から、ひらりと羽ばたいた何かは、青く光るような羽根を持っていた。確か昆虫図鑑で見たことがある。そう、あれは「モルフォ蝶」だ。世界一美しい蝶と言われる、中南米に生息する種だと記憶している。広げた羽根がまるをの顔ほどの大きさがある、実に立派な蝶だった。

見渡してみれば、ひらりひらりと部屋の中を何匹もの蝶が舞っていた。黒い羽根のあれはカラスアゲハだろうか？　白に黄色にオレンジ色、色鮮やかな花に擬態《ぎたい》していたかのように、様々な色彩の蝶が視界のあちこちを飛び交っている。樹里ちゃんが「虫の飼育部屋」と呼んでいたこの部屋では、想像していた甲虫《こうちゅう》のブリーディングではなく、幾匹もの蝶が放し飼いで育てられていた。

そこへ、

――ガコンッ、ガコンッ
扉を介さないで直に、不安感を煽《あお》る異音が蝶の部屋に響き渡った。三〇一号室を訪れた理由を思い出し、音の源を探る。

――ガコガコガコンッ
床を震わすような勢いで音を立てていたのは、部屋の奥の壁に設置された縦型の業務用エアコンだった。厳密な温度や湿度管理のために、蝶の飼育にはこれくらいの馬力があるタイプが必要なのかもしれない。

蝶が入り込まないためにか、通気口には細かい網目のガードが取り付けられていた。ネジの部分を確認するがそこにゆるみはない。

——ガコンッ

再び響いた大きな音は、エアコン内部から聞こえてきた。中を開ける必要がありそうだ。果たして、子どもの頃、夏休みの工作キットでラジオを作るのにもひぃひぃ言っていた僕に、対処可能なトラブルなのだろうか。

ラッキーなことに、そんな心配は取り越し苦労に終わった。開けてみれば、異音の原因は内部のフィルターが外れていただけのことで、カッチリはめ直すとあっさり騒音は止まってくれた。開けたパネルをしっかりとはめ直し、停止しておいた電源を再度ＯＮにする。ブーンという稼働音がはじまったが、そのまま時間を置いてみても、異常音が聞こえてくる様子はない。

「よし」

大した労力は発揮していないけれど、ひと仕事を終えた達成感に呟《つぶや》くと、

——キュロロロロロ、キュロロロロロ

背後から、玉を転がすような、フルートやピッコロといった類の笛の音《ね》らしきものが聞こえてきた。

誰かが演奏している？　いや、これは鳥の鳴き声か？　この部屋では蝶だけでなく、鳥も飼っているのか？

「……え？」

振り向いた僕は、そこに見た光景に息を呑んだ。住民管理表の三〇一号室に、明記されていた二文字がよみがえる。

「うわぁぁ」

視界一面に、「妖精」がいた。

それは、蝶の羽を背中に生やした、小さな人型の生物だった。さっきまで部屋の中を飛んでいたのは、図鑑に載っているような蝶だったのに、いつの間にこんな肉体を手に入れたのか。いや、これこそが彼らの真の姿だったのか。

「……妖精、だよね？」

キュロロキュロロと高音を奏《かな》でながら、ひらひらと部屋中を飛び回る生物たちに目をこらす。

はばたく四枚の羽根の浮力で宙に浮かぶ、手足の生えた彼らの身体《からだ》は、羽根を持つ妖精といえば連想するディズニー映画「ピーターパン」の「ティンカーベル」のような少女の姿ではなく、灰色がかった半透明のスライムのような質感、レモン型をした黒くて大きな目、例えるならかつて人類が遭遇したという宇宙人「グレイ」を小さくしたような容貌をしている。

「はじめまして」

目の前にいる、青いモルフォ蝶の羽を持つ、一番大きな個体と視線を合わせ、挨拶をしてみる。

「キュロロ？　キュロロロロ」

まるで僕に話しかけてくるように、大きな黒目で心地の良い音色を発する様子はとてつもなく可愛くて、思わず頬がゆるんでいく。

未知との遭遇。

妖精という空想の世界でしか知らなかった生物と出会えた喜びに、いやが上にも興奮が高まっていく。

「キュロ、キュロ、キュロロロロ」

僕の頭上をふわふわと舞う妖精の青い羽から、鱗粉《りんぷん》だろうか、キラキラと光る小さな粉が宙を舞う。

「……あ、この匂い」

光の粉から、ほんのりと甘い香りが漂ってくる。これは、つい数分前にも嗅《か》いだ匂いだ。エレベーターの中、樹里ちゃんがまとっていた香り。

「音の原因は、エアコンのフィルターのようでした。しっかりはめ込んだんで、もう大丈夫だと思うんですけれど、またすぐに外れて音がするようだったら、業者に一度見てもらってくださいと、ご両親に伝えていただけますか？」

名残惜しくはあったけれど、飼育部屋をあとにして蜂谷家のリビングに戻り、自室から出てきた樹里ちゃんに報告をする。

「わかりました」

声にも顔にも感情が見られないし、言葉数も少ない。昨今の女子中学生は、みんなこんなテンションなのだろうか。それとも初対面である僕を警戒しているのか。

「あ、妖精たちもみんな無事でした。いやあ、はじめて見ましたよ。すごいですねぇ。妖精はああやって鳴くんですね」

つい興奮状態のまま、勢いで口にしてハッとした。僕の言葉で、無表情だった樹里ちゃんの顔に、明らかに緊張が走っている。

「見えたんですか？」

「え？」

「妖精が、見えたんですか？　蝶じゃなくて」

畳み掛けるように質問された。見てはいけないものだったのだろうか。

「まずかった、ですか？」

でも、隠れていた彼らを無理やり引きずり出したわけではない。いわば不可抗力だ。

「いえ、別に……」

スン、という音が聞こえてきそうな切り替わりで、再び彼女の顔から感情が消えた。そして、

「いいんです。どうでも」

投げやりとも思える台詞《せりふ》を口にした。

「お世話になりました。母には伝えとくので」

「あ、はい」

言葉の裏に「早く帰れ」の圧《あつ》を感じ、退散しようと玄関に向かう。

「失礼しました」

スニーカーをつっかけて、出て行こうとすると、

「私も、出掛けますから」

樹里ちゃんが小走りで駆けてきて、一階まで同行する流れになった。さっきは気まずい空気になったけれど、僕と行動するのは問題ないらしい。

胸元に抱えていた数冊のハードカバーの本を、肩から下げていたトートバッグに詰め込むと、白いサンダルに足を入れる。本の背表紙には、どれも同じ四角いシールが貼られていた。図書館の本だろうか。読書家なんだなと、三〇一号室を施錠《せじょう》する彼女の背中を眺めていた。

会話もないままエレベーターで運ばれて、一階に着く。

「あ」

管理人室のガラス窓の向こうに見えた受付の様子に、思わず声が弾んだ。

留守番を頼んだまるをが、オフィスチェアにちょこんと座って、パソコン画面に見入っている。お尻を座面にぺたんとつけて、前脚を両手のようにだらりと体の横に垂らし、後ろ足を前に投げ出して人間のように座る「フレブル座り」と呼ばれる特有な座り方だ。

まるをはごくごくたまに、リラックスしているときにこのポーズをとる。可愛すぎる。貴重な瞬間を是非写真に収めたいと、スマホを取り出しカメラモードで構えると、

「……かわいそう」

「え？」

掛けられた声に、後ろにいた樹里ちゃんを振り返った。まるをに向けられた彼女の視線は、何故だか憐《あわ》れみに満ちている。

「だって、このマンションに住んでいるってことは、あの子も『普通』じゃないんでしょう?」

「それは、まぁ」

ここはカシェット緑ヶ丘。世にも不思議な生物たちが暮らす場所。だからこそ、まるをと共に僕も住むことが許され、快適な日々を送っている。なのに、「かわいそう」?

「『普通じゃない』なんて、何もいいことないのに」

言い捨てるようにして、樹里ちゃんはそのままエントランスから出て行ってしまった。妖精たちの香りと同じ、甘い残り香《が》と共に——。

『成敗《せいばい》!!』

管理人室のドアを開けると、いきなり鋭い声で叱咤《しった》された。

「ま、まるを?」

放っておかれたと思ったまるをが怒っているのかと慌てたが、声の主はまるをがパソコンで見ていた時代劇の動画に出ていたお侍さんだった。高鳴るBGMと共に、チャンチャンバラバラと刀を振り回すちょんまげ侍。画面に夢中で、うんともすんともワンとも、まるをからの返答はない。

本当は、喋《しやべ》れるくせに。

そう。僕のまるをは人語《じんご》を解し、そして操《あやつ》る。それだけではない。彼の小さな体の中には、ギリシャ神話に登場する冥界《めいかい》の番犬・ケルベロスが宿っているのだ。とはいえその事実を知ったのはカシェット緑ヶ丘に住むようになってからだし、実際に僕がまるをと会話したのはわずか数回にしか満たないし、彼がケルベロスの雄姿《ゆうし》に戻った瞬間を、僕は二度も見逃している。出し惜しみをしているのか、頻繁には使えない能力なのかはわからないけれど、その事実を知った今でも、日々のほとんどは以前のまるをとの生活と変わっていない。

樹里ちゃんの言葉を借りれば、「普通」のペットとの生活だ。

フレンチブルドッグのまるをの正体がケルベロスであったこと。それが「かわいそう」だというのは、飼い主の僕に向けての言葉なのか、それともまるをへの？

彼女の発言にもやもやを感じつつ、まるをを抱き上げる。

「まるをは、まるをだよな」

お気に入りのタオルのように、まるをの匂いを思い切り吸い込む。香ばしい匂いに気持ちが安らいでいく。

幸福感に満たされていると、

――――ブッ

まるをときたら、豪快な音を立てて放屁《ほうひ》してきた上、「おまえやったな?」なんて顔で僕を見上げてきた。

いや、おまえだろ。

3

「はいお待たせ。こちらグーニーズ特製『オールスターバーガー』。まるを君には、『ささみとトマトのリゾット』ね」

「うわぁ、でっかい。いただきます!」

「野菜たっぷりだからね。残さず食べるんだよ」

「はぁい」

手のひらほど大きなハンバーガーにかぶりつく。熱々の肉汁《にくじゅう》が、口の中にあふれ出す。レタスに玉ねぎ、トマトにアボカド。これでもかと挟まれた野菜と、とろりと濃厚なチーズの味が肉汁と交わり、絶妙な旨味のハーモニーが広がる。

「うまい」

ひとくち目が喉《のど》をとおった直後、自然とその言葉が出た。

「でしょう？　つなぎなしの一〇〇％ビーフだからね。パサつかないように仕上げるの難しいんだから。あ、そのピクルスも自家製。病みつきになる美味《おい》しさだよぉ」

「まるで自分が作ったみたいに言うよね。嶺は運んでいるだけなのに」

僕の隣で、フライドチキンを握りしめた、かんなちゃんが言う。

緑ヶ丘の駅前繁華街のはずれにある「グーニーズ・カフェ」は、カシェット緑ヶ丘に住む嶺君と岳君が営む、アメリカンテイストのカフェレストランだ。以前、ひとり暮らしの食生活に関する話題になった際、「自炊はインスタントと冷凍食品のループ」と答えたら、

「野菜もとらなきゃダメ。店に食べにおいで」

と、健康的な食生活の必要性を嶺君に力説され、週に数回、夕食時に訪れるようになっていた。

人狼ゆえに肉食オンリーなのかと思ったら、僕よりよほど食にこだわりを持っている、岳君特製のタンパク質と野菜のバランスの取れた食事を提供してくれる上、まるを用にも特別メニューを用意してくれるのが、大変ありがたい。

「ゆっくり食べなよ、まるを」

フガフガと鼻息を立てながら、バキュームカーのような勢いでリゾットを吸い込んでいくまるをに、かんなちゃんが忠告する。

彼女も同じく、カシェット緑ヶ丘の住人だ。目の覚めるような蛍光ピンクの髪の色にも、随分と慣れた。スポーツジムのダンス・インストラクターとして働く彼女は、三連休も仕事だとかで、

「体力つけるには、まずは肉だよね」

と言って、ポークジンジャーとフライドチキンという肉々しいメニューをオーダーしていた。「野菜野菜」と繰り返す、嶺君の言葉なんて聞こえないふりをして。

「あ、そうだ。かんな、帰りにバナナ少し持って帰ってよ。安かったから買いすぎちゃった。ナンバーズ、食べるよね?」

「食べる食べる。あいつらなんでも食べるから」

嶺君に「ナンバーズ」と称されたのは、かんなちゃんが共に暮らす三匹の妖怪・キジムナーのことだろう。「壱《いち》・弐《に》・参《さん》」と名付けられた彼らは、一見するとモルモットのような毛むくじゃらな小動物だ。

「岳、僕もおなかすいた」

「できたぞ、ほら」

「やったー」

看板は既に仕舞われ、お客さんももう僕らだけ。嶺君と岳君もまかないをとるようだった。僕たちと並んでカウンターに座った彼らの前には、シンプルだけれど絶対美味しそうなナポリタンが皿に盛られている。

「なにそれ、裏メニュー？　嶺、ひと口ちょうだい」

「あ！　勝手に取るなよ、かんな」

カウンターに並んで四人と一匹。わいわいしながらの食事には、「楽しい」のスパイスがプラスされる。

「三〇一号室の蜂谷さんのお嬢さんなんだけれど……」

雑談の流れ、「新米管理人の調子はどうよ？」と話を振られ、カシェット緑ヶ丘の居住歴が僕より長いかんなちゃんたちに、樹里ちゃんにどんな印象を持っているのかを尋ねてみた。

「樹里のこと？　うーん、ほとんど付き合いはないかな」

意外だった。少々口は悪いけれど、明るく飾らないかんなちゃんなら、誰とでも仲良く付き合っていると思ったのに。

「あたしらがあそこに越してきたときには、もう既にあんな感じだったよね。他者を寄せ付けないっていうか」

かんなちゃんと嶺君たちが前後して、カシェット緑ヶ丘に入居したのは約五年前だそうだ。

「生き物全般が苦手だって聞いたけれど、じゃあどうしてあのマンションに？」

「蜂谷さん夫婦は、樹里が生まれる何年も前から、ずっとあそこに住んでいるからね。それに、樹里も昔はあんなんじゃなかったって、百合佳《ゆりか》さんから聞いてる」

「百合佳さんって？」

「樹里のママ。蜂谷さんとこの奥さん。仲いいんだ、百合佳さんとは」

「蜂谷さん夫婦は、たまに懇親会にも顔出すしね。僕らも良くしてもらっているよ。店にも来てくれたことあるし」

嶺君の言う「懇親会」とは、カシェット緑ヶ丘のペントハウスで数か月に一度開催される、住民同士の親睦《しんぼく》の場だ。

「いつからあんな風に？」

かんなちゃんが教えてくれた蜂谷家の事情をまとめると、こういうことになる。

製薬会社に勤務するご主人・正臣《まさおみ》さんと、フラワーデザイナーとして活躍する奥さんの百合佳さん。二人の間に誕生した樹里ちゃんにとって、生まれたときからそばにいた妖精たちは、兄妹同然の存在だった。「パパ」「ママ」と声にするよりも先に、コロコロと笛の音のような声を発して、妖精たちと当たり前のように会話をし、仲良く遊んでいたのだという。

やがて大きくなって幼稚園に通いはじめると、彼女に人間の友だちもできるようになった。

「ウチにはね、妖精さんがいるのよ」

ごく普通の会話として、彼女は友だちに伝えた。「犬を飼っているんだよ」「ウチは猫」そのような会話と同等なノリで。

「妖精だけじゃないよ。ウチのマンションには、妖怪も魔獣もいてみんな仲良く暮らしているよ」

ご両親は、そんな彼女に優しく諭《さと》した。

「妖精の存在を人に話してはいけないよ。マンションのことも秘密だよ。世の中には、彼らを悪いように利用しようとする人もいる。みんなを守るために、約束してね」と――。

それでも、

「妖精も妖怪も友だちなのに、なぜ秘密にしなくてはいけないの？」

樹里ちゃんの中にはずっとそんな気持ちがあったのだろう。

小学校三年生の頃だった。仲良くなった「親友」とも呼べる存在に、「二人だけの秘密ね」とその思いを打ち明けた。彼女だけには理解してほしくて。

結果、樹里ちゃんは孤立した。「二人だけの秘密」を、親友だと信じていた同級生は、あっさりご両親に報告してしまった。「そんな変わった子とは付き合わないように」と、ご両親から樹里ちゃんとの交友を禁じられた同級生は、素直にそれに従った。さらにほかのクラスメイトまでもが、右へ倣《なら》うようにして樹里ちゃんから離れていった。彼女のことを「注目されたがりの嘘つき」、さらには「魔女」などと呼んで、陰口をたたく者まで現れ、傷ついた樹里ちゃんはついに不登校になってしまった。

「友だちが離れていってしまった原因が、カシェット緑ヶ丘のペットたちにあるって思っちゃっているのかな？　だから関わりたくないってこと？」

「そんな簡単なもんじゃないと思うよ。樹里にとって妖精たちは、小さい頃は一緒に遊んだ仲間だもん。大切な存在だけれど、確かにそのせいで学校では孤立してしまった。何もなかった頃のように、接するのが難しくなっちゃったんじゃないかな。で、それがエスカレートして、生き物全般が苦手になっちゃったとか」

不思議生物たちが住むマンションの自宅に籠《こ》もり続けているのも嫌だったのか、中学に入学してからは毎日登校するようになったのだが、親しい友だちがいる様子もなく、授業時間のほとんどを保健室で過ごしているのだという。

学校にも自宅にも、自分の居場所はどこにもないと、思い至ってしまったのだろうか。

「大家さんの話では、蜂谷さん一家はカシェット緑ヶ丘を出ることも、考えているらしいよ」

「そうなの？」

かんなちゃんの報告は、どれも深く考えさせられるものだった。

「『普通じゃない』なんて、何もいいことないのに」

樹里ちゃんが、呟いた言葉がよみがえる。

ごく普通の家庭に生まれて、ごく普通のペットを飼っていれば、友だちが離れていくなんてことはなかったと、そう考えているのだろうか。普通じゃない彼らが、悪いとでも言うのか。

「大河君。すっごく難しい顔してる」

嶺君に指摘され、自分の眉間《みけん》に深い皺《しわ》が寄っていることに気がついた。

「あの娘《こ》は……」

ずっと無言で食事を続けていた岳君がようやく口を開き、みんなが注目した。

「図書館で、よく見掛ける。いつも、ひとりでいる」

それだけ言うと、岳君は再びナポリタンの皿に向かう。

「岳もよく、空いた時間はひとりで図書館で過ごすんだよ。こう見えてハルキストだから」

「え？　嘘でしょ？　それ初耳」

「本当ですか？　なんか意外」

嶺君の言葉に、かんなちゃんと二人、同時に驚きの声を上げる。

日に焼けた肌に長髪スタイル。アウトドアが似合いそうなワイルドな岳君が、文系ハルキストだったとは。

「余計なことを言うな」

「だってホントのことじゃん」

岳君ににらまれても、陽気な嶺君はへっちゃらだ。

「でもさ」

ケタケタと笑っていた嶺君の、声のトーンが変わった。

「岳みたいに、ひとりの時間も好きだからって通うのならともかく、本当は誰かといたいのに、居場所がなくて図書館にしかいられないんだとしたら、寂しいよね」

しばし訪れた沈黙は、それぞれが樹里ちゃんの気持ちをなぞっていたからだろうか。

ティーンエイジャー。悩める十代。二十四にもなった僕だって、あれこれ思い悩むことがある。かといって中学生の樹里ちゃんが、「普通じゃないことは悪いこと」だなんて結論を出してしまうのは、あまりにも早計なのではないだろうか。

このまま彼女が引っ越して、あとは知らぬ存ぜぬで終わらせてしまっていいのだろうか。

「つたく。グダグダ考えながら行動すっから、ドジすんのよ」

「ごもっともです」

マンションへの帰り道、かんなちゃんに叱られながらとぼとぼ歩く。

嶺君たちが少しでも早く店を上がれるようにと、食べ終えた食器を洗い場に運ぼうとした際、手を滑らせてカップをひとつ破損《はそん》してしまったのだ。

「気持ちだけもらっておくから」と、苦笑いする嶺君に見送られ、ひと足先に僕らはカシエット緑ヶ丘へと向かっていた。

「あのさ、付き合いの浅い大河が、蜂谷家の問題を速攻解決できるとでも思ってんの？　何とかしてあげられたらなんて、大家さんもYUDAさんも、マンションのみんなが考えているって」

僕が樹里ちゃんについて悶々《もんもん》としながらお皿を運んでいたことを、かんなちゃんはすっかりお見通しだった。

「それよりあんた、むっちりした図体《ずうたい》で何甘えてんのよ。ちゃんと自分で歩きなさいよ。大河の腕、プルプルしちゃってんじゃん」

店を出たまるをは、早々に歩くのをやめ、僕が抱きかかえて帰る状況になった。十キロ以上体重があるまるをを抱いていると、次第に腕に震えがくる。それもかんなちゃんにはバレていた。

「お腹いっぱいで、眠くなっちゃったんだよなぁ。しょうがないしょうがない」

「うわっ。親バカ」

クリクリした目をキラキラさせて、口の両端をニッと上げ、僕を見上げてくるまるを。この表情に、僕はめっぽう弱いのだ。

「でも……」

腕の中の重みが、蜂谷家で見た彼らのことを思い出させた。

「蜂谷さん、引っ越しするとして、まさかあの妖精たちを置いていったりしないよね？」

「それはない。百合佳さんは、あの子たちを我が子同然に大切にしているんだから。え？でもちょっと待って」

「なに？」

「『あの妖精たち』って、大河、あの子たちが見えたの？　蝶じゃなくて、妖精の姿で」

「うん。最初は蝶にしか見えなかったけれど、鳴き声が聞こえて、振り向いたら蝶に小さな人型の身体が生えてた」

「宇宙人みたいな灰色の？」

「そう！　正《まさ》にそれ」

「今日、はじめて会ったんだよね？　あの子たちに」

「うん。って痛っ!!　何すんの!?」

いきなり脛《すね》を蹴られて、痛みに思わず飛び跳ねる。

「だってムカつくんだもん。あたしなんてちゃんと見えるまでに、半年もかかったのに」

「そうなの？」

「あのね、あの子たちの姿を見るためには、二つの条件をクリアしなきゃいけないの。まず第一に、『妖精の存在を心から信じていること』。そして二つ目は」

二つ目の条件とは？　僕は知らないうちに、どんなハードルを突破していたのだろう。

「『妖精たちから信頼を得ること』。彼らを利用しようとか考えていたり、敵意を持ったりしている人間はもちろん、興味本位だけで近づいてくるような奴にも絶対姿を見せないの。これが長く掛かったんだよ、ホント。初対面で信頼してもらえるなんて、あんたいったいどんな手使ったのよ」

「いやいやそんな。敢えて言うなら、部屋のエアコン直したくらいで」

「で、樹里は？　樹里はなんか言ってた？　大河が妖精の姿を見たことに関して」

三〇一号室の蜂谷家で、樹里ちゃんがかんなちゃんと同じように、驚いた声で僕に尋ねたのを思いだした。

——「妖精が、見えたんですか？」と。

「どうして？」

「今のあの子にはね、見えていないらしいよ。妖精の姿が」

「それって……」

樹里ちゃんが、妖精の存在を信じていないからだろうか。それとも妖精たちから信頼されていないからだろうか。

同じ家で暮らしていて、そんな状態の関係でしかいられないなんて。

「だから、あんたがそんな深刻な顔して悩んだって、どうしようもないって言ってるでしょうが」

「確かにそうだけれど……」

「でもあんたがそうやって、他人の問題もすぐに真剣に悩んじゃうような、単細胞のお人好《よ》しだからこそ、妖精たちもひと目で信頼しちゃったのかもねぇ」

「……今のは、褒《ほ》め言葉として受け取っていいのかな？」

「びっくりだねぇまるを。あんたの飼い主は、今のが褒め言葉に聞こえたんだってさ」

かんなちゃんに声を掛けられて、まるをは同意するようにフガフガと鼻を鳴らす。

「ほぉら、まるをも呆《あき》れてんじゃん」

そう言ってかんなちゃんは、ケラケラ笑う。

かんなちゃんが、嶺君や岳君や、そしてまるをがいてくれて良かった。

僕ひとりだったら、樹里ちゃんのことを思い悩んで、うつうつと眠れぬ夜を過ごしていたことだろう。

道の先に、カシェット緑ヶ丘のシルエットが見えてきた。いくつも灯る部屋の明かり。

その中のひとつで過ごしているであろう、今日出会ったばかりの少女と妖精たち。

皆が笑顔でいてくれればいいのに——。

そう願いながら、家路へと向かった。

4

愛犬家にとって、夏の散歩タイムへの配慮は非常に重要な案件である。特に暑さに弱い犬種のまるをは熱中症防止のためにも、必然的に散歩の時間は、日中の強烈な日差しで熱せられたアスファルトが冷める、夜間か早朝に限られるようになる。

「よし、まるを。部屋に戻って足ふきタイムだ」

朝五時に起きて、木陰を選びながら十分ほどの短い散歩を終える。十歳・シニア犬のまるをの場合、散歩は運動量よりも気分をリフレッシュさせることを第一としている。陽《ひ》の光を浴び、風を感じる。それはまるをだけでなく、飼い主の僕にとっても有意義な時間だ。

マンションのロビーの壁に掛けられた時計は、まだ六時前を示している。管理人として過ごす連休二日目。朝食をとって、このまますぐに管理人室に詰めるか、それとも軽く二度寝を決め込むか。

何しろ、寝起きをしている管理人専用の居住スペースから管理人室へは、扉一枚で行けてしまうのだ。通勤時間0分。これは実にありがたい。

「やっぱり二度寝か？　まるを、一緒に二度寝するか」

取り敢えず、まだ管理人（仮）の身だ。最初から気合を入れ過ぎて、息切れしてしまっても良くないよなぁなどと、自分を甘やかす気満々で、部屋の鍵を開けようとしたところ、

「おはようございます」

エントランスの方から、朝の挨拶をする女性の声が聞こえた。廊下の先、ロビーに立つひとりの女性と視線が合う。

「新しい、管理人の方ですよね？」

「え？　あ、は、はい！　どうかされましたか？」

（仮）ですので二度寝決めようと思っていました。とは、もちろん言わない。年の頃は四十代、いや三十代だろうか。女性の年齢を見た目だけで判断するのは難しい。とにかく、大人の女性だ。黒のTシャツにカーキ色のパンツ。髪を後ろでひとつに結んだ、全身シンプルな出で立ちの女性。

「はじめまして。三〇一号室の蜂谷です。昨日はお世話になりました」

「ど、どうも。はじめまして、猿渡です」

昨日の記憶が、一気に脳内を駆け巡る。三〇一号室の壁に掛けられていた写真の中の人物と、目の前の女性が合致する。

樹里ちゃんのお母さん。あの妖精たちの飼い主だ。

「あ、あのあと、エアコンの調子はいかがでしたか？　フィルター、外れたりしていませんか？」

「はい。問題ありません。すぐ調べていただいたようで、ありがとうございました。昨夜は帰宅が遅くて、ご挨拶できなかったから、お会いできて良かったわ」

そう言って、肩に下げていた大きなバッグを掛け直す。フラワーデザインのお仕事をされていると、かんなちゃんは言っていた。今朝も早くから、ご出勤だろうか。

「もしかして、そのワンちゃんが噂の？」

蜂谷さんの好奇な視線が、まるをに向けられる。

「あ、はい。ご存じでしたか？」

「ええ、仁太郎《じんたろう》さん、あ、大家さんからね、『凄い子が引っ越してきたよ』って聞いて」

「いえ、そんな」

僕自身が、まだケルベロスであるまるをの真の姿を見たことがないとは言いづらかった。

「でも……」

蜂谷さんの顔から、笑顔が消える。

「ウチの娘が、何か失礼なことを言ったりしませんでしたか？　ワンちゃんに」

「いえ、特には」

「『普通じゃない』なんて」と言われたことは黙っておいた。ご家族は、既に十分悩まれているのだろうと思って。

「そうですか……」

小さくため息をひとつついて、蜂谷さんの奥さんは続ける。

「このままじゃいけないとは、思っているんですが……」

彼女が顔を曇らせて「このままじゃいけない」と語るのは、やはりカシェット緑ヶ丘からの引っ越しを考えているということだろうか。

「連休中はイベントが重なっていて、家をあける時間が長くなってしまうんですけれど、明日には私の仕事も落ち着くし、主人も出張から帰って来るので、ちゃんと話し合おうと考えています」

「……そうですか」

「念のため、名刺をお渡ししておいていいですか？」

そう言って蜂谷さんがバッグから取り出し、渡してくれた名刺には、「フラワーデザイナー・蜂谷百合佳」の名前と、携帯番号が記されていた。

「もしまた何か私の留守中に問題があったら、携帯に連絡をもらえますか？」

「わかりました」

「よろしくお願いします」

一礼をして、お仕事へと向かう蜂谷さんを見送る。渡された電話番号に、かけなくてはいけないトラブルが起きませんようにと祈りながら。

フゴフゴとまるをが鼻を鳴らした。辺りに花のような香りが漂った。

「あ、この匂い……」

蜂谷さんの奥さんが残していったのも、樹里ちゃんとそして妖精たちと同じ香りだった。

二度寝モードから気持ちはすっかり切り替わり、まるをにご飯をあげ自分もパンと牛乳で簡単な朝食を済ますと、食後の昼寝をはじめたまるをを部屋に残し、管理人業務を開始することにした。暑くなる前の午前中の早い時間に、外仕事を片付けてしまおうと、マンションの敷地内の遊歩道とエントランスの掃除に励む。勢いに乗って、地下のジムとプール、屋上のペントハウスと温室、階段にエレベーターに各階の廊下、ひととおり点検を終えると、すっかり汗だくになってしまった。

軽くシャワーを浴び、管理人室に移動する。エアコンが効いた室内は天国である。

「はぁー」

思わず声に出して心身共にだらけきっていたところ、右手のエレベーターホールから現れた人影に背筋を伸ばした。

「おはようございます」

外出するのではなく、こちらの様子をうかがう人影に声を掛けた。姿を見せたのは、三〇一号室の樹里ちゃんだった。受付の窓を開け、即対応をする。

「どうされました？」

「あ、あの……」

彼女の表情から、昨日よりも切羽詰まった状況が起きているのではないかと予想された。やはりエアコンは直っていなかったか。まさかそのせいで、妖精たちに何か起きてしまったのか。

「こ、これ、お願いできますか？」

すわ一大事と立ち上がった僕に、樹里ちゃんは手にしていた一枚の紙片を差し出してきた。

「ああ、『来客者申請書』ですね？」

カシェット緑ヶ丘には、様々な決まりごとがある。それは居住者に配布される「住民のしおり」が、受験生時代にお世話になった、赤本を思い起こすような分厚さであることからもわかる。読み終えるまでに何度もくじけそうになったけれど、管理人業務に就くにあたり、ようやく最近読破したので、この「来客者申請書」に関しても記憶は新しかった。

世にも奇妙な生物たちが飼い主と暮らすこのマンションの秘密を守るために、住民以外の人物を招き入れる際には、事前にこの申請書を提出する必要があった。来訪者のチェックは大家さんが担当していたけれど、彼が不在のこの週末はその任務は僕に課せられている。

【申請者：三〇一　蜂谷樹里】

と、パステルグリーンのインクに丸めの小さい文字で、彼女の名前が記されている。

「本日午後、『ご友人』ということでよろしいですね」

訪問者の欄には「布施明日香《ふせあすか》」の名前が、そして訪問理由には「友だちが遊びに来ます」とある。

連休の中日《なかび》、学校の友人を招いて過ごすのだろうか。普段は保健室や図書館でひとり、親しい友だちもいないようだと聞いていただけに、これは嬉しい報告であった。

「あ、でもこれ」

申請書の記入欄のうち、一箇所の空欄に目が留まった。

――申請者が未成年の場合は、保護者からの署名及び捺印《なついん》を要す。

確か、あの分厚い住民のしおりには、来客者申請書に関してこんな一文があったはずだ。

中学生の樹里ちゃんからの申請の場合、保護者のサインが必要となるのに、その欄は無記名のままだった。

「ご家族からの了承が、必要になるんだけれど……」

「すみません。友だちから、さっき連絡をもらったので……。お母さん、朝早くから仕事に行っちゃっていて。やっぱりダメですか？」

なるほど、それで困っていたのか。しかし規則である以上、「まあいいでしょう」と勝手に僕の判断で決めることはできない。

「あ、そうだ。お母さんに電話をしてみましょうか。ちょうど今朝、名刺をいただいたんで」

住民リストと一緒にファイルしておいた名刺をチェックし、管理人室の電話を取る。

『樹里が？　ウチに？　友だちを⁉』

電話の向こうの蜂谷さんの奥さん・百合佳さんの声は裏返り、明らかに動揺していた。

『もちろんＯＫなんですけれど、あの、すみません、ちょっと娘と代わっていただけますか？』

コードレスの電話機を、受付のカウンター越しに樹里ちゃんに渡す。

「……うん、そう。クラスの女の子。保健室で、たまに一緒に……。うん、うん、そう。

ウチで一緒に宿題したいって……」

矢継ぎ早に、樹里ちゃんに質問をしているのだろう。離れていても電話口からキンキンと、百合佳さんの声が響いてくる。

「わかってるよ！　秘密にすればいいんでしょ！　マンションのことも、妖精たちのことも！」

驚いた。出会ってからずっと、消えそうな声でしか話さなかった樹里ちゃんが、声を荒げた。思わず見つめてしまっていると、視線に気づいたのか僕と目を合わせた彼女は、気まずそうにうつむいた。

「うん、わかった。ちょっと待ってて」

そう言って樹里ちゃんが、電話機を僕に差し出してきた。

「お母さんが、もう一度代わってって」

「あ、はい。代わりました。猿渡です」

受話器を耳に当てると、百合佳さんの興奮した声が鼓膜《こまく》を震わせた。

『すみません。イレギュラーで申し訳ないんですが、来客者の申請、お願いできますか？　はじめてなんです。樹里が、友だちを家に呼びたいだなんて言うの』

友人の訪問は三〇一号室に限り、共有スペースには立ち入らせないこと、そして何よりマンションの秘密を守ることを約束させたのでと、百合佳さんは続ける。

「わかりました」

クラスメイトが大挙して訪れるわけではない。遊びに来るのはたったひとりの女子だし、保護者である百合佳さんがこう言っているのだから問題ないだろうと、僕は了承の旨《むね》を伝え会話を終えた。

【保護者に確認済】申請書の空欄にそう書き込むと、

「確かに受理しました。これでもう大丈夫ですよ」

まだ不安げな表情で、管理人室の前に立っていた樹里ちゃんに伝えた。すると、

「ありがとうございます」

小さく、ほんの小さくだけれど、はじめて笑顔を見せてくれた。

彼女からふんわりと香る花の香りに、良く似合う笑顔だった。

来客者申請書に書かれていた、樹里ちゃんの友だちの訪問予定時刻は午後一時。

昼休憩を終え、時計が一時を差す前に自室から管理人室に移動したタイミングに合わせたかのように、
ピンポーン

マンションの玄関に来客を告げるチャイムの音が、管理人室のモニターから響いた。カシェット緑ヶ丘の入口の、オートロック解除方法は三つある。住民は、通知されている暗証番号を入力して解錠する。そして来訪者の場合は、管理人室で訪問者を確認・応対し解錠するパターンと、来訪者が個々に、エントランスの自動ドアの前に設置されたインターホンに、訪問先の部屋番号を入力し、応答した住民に開けてもらうパターン。

モニターに映し出されたのは、若い女子。恐らく彼女が、樹里ちゃんが申請した友人だろう。

管理人室のモニターでは、訪問者と住民のインターホン上の会話は聞こえない仕様だが、訪問者がどの部屋番号を入力したかはわかるようになっている。案の定、三〇一号室のランプが、そしてしばらくするとオートロック解除の表示も点灯した。部屋にいる樹里ちゃんが、操作したのだろう。

自動ドアを進むと、来訪者は僕のいる管理人室の前を必然的に通ることになる。

「こんにちは」

軽い会釈と共に、ごく自然に挨拶の言葉を掛けてきた女子に、

「こんにちは。三〇一号室へご訪問の、布施さんで間違いありませんか？」

念のため、確認を取る。

「はい。あ、そうか、事前に申請が必要だとか言ってたから、私の名前、知っているんですね？　驚いた」

嫌味をにじませるでもなく、さっぱりとした口調で答える。

百七十はありそうな高身長にショートカットのボーイッシュな印象。肩口が開いたトップスにショートパンツの組み合わせは、露出度の高い服を着たティーンエイジャーの娘に向かって「おいおい、その格好で出掛ける気かい」と忠告してしまう、洋画でよく見るワンシーンのお父さんの気持ちがわかってしまうような服装だけれど、健康的でよいかとも思う。だって夏だし。

「何かと物騒な世の中ですもんね。そのくらい厳重な方が、住民の皆さんも安心ですよね」

「はい。ご協力、ありがとうございます」

聞こえてきた、ぺちぺちという足音に振り返ると、自由に移動できるように開けておいた自室と管理人室を繋ぐドアから、まるをが姿を現した。

「あは、ずいぶん可愛いドアマンがいるんですね。その耳の形は……、フレンチブルドッグですか？」

見知らぬ顔の登場に、まるをはじっと真顔になってその場で固まっている。

「確か毛色によって呼び名があるんですよね？　黒毛のこの子は……ブリンドルでしたっけ？」

「良く知っているね。君ももしかして、フレブルのオーナーさん？」

「いえ、単なる知識として」

「そ、そうですか」

フレブル仲間かと、瞬時に舞い上がってしまったことを反省する。

「それじゃあ、これで。ご苦労さまです」

初対面の僕にねぎらいの言葉まで残し、管理人室の前を抜けエレベーターホールへと向かう。随分と社交的で、しっかりとした中学生だなぁというのが、樹里ちゃんを訪ねてきたはじめての友だち・布施明日香嬢への印象だった。ハキハキとしていて、頭の回転も早そうで。あんな友だちと一緒なら、きっと宿題もはかどりそうだ。

樹里ちゃんが、楽しい時間を過ごせますように。

そんな風に思っていた、あのときの僕に告ぐ。

「しっかりしろよ、管理人」と――。

5

連日続く熱帯夜。天気予報は昨夜も「寝苦しい夜になるでしょう」と予想していたけれど、蒸し風呂のような部屋で毎日汗だくになっていた去年の夏が嘘のように、快適な目覚めで朝を迎えた。

ここ数年、節約こそ正義とばかりにエアコンなしの暮らしを送っていた。それもすべて、資金を蓄えて、「ペット可」のマンションでまるをと暮らすためだ。

念願かなって、まるをとひとりと一匹暮らしをはじめて迎える最初の夏。まるをの熱中症対策に、エアコンは二十四時間フル稼働。おかげで僕も、心地よい温度と湿度にキープされた部屋で朝までぐっすり眠れている。

連休最終日。大家さん不在の中、管理人として過ごしてきたが、充実した睡眠時間が功を奏し、まだまだ気力体力たっぷりである。

「さあ！　張り切っていってみよぉー！」

気合を入れ直すために自らに喝《かつ》を入れると、

「がふぅ」

まったりとしていたまるをが、僕の声に驚いたのか、打ち上げられた魚のように跳ね上がった。

「ああ、ごめんごめん」

じっとりとした目で、見上げてくるまるを。ゴキゲンを損ねてしまったようである。

そこへ、
ピピピ、ピピピ、ピピピ
自室を誰か訪れたときに鳴らされるチャイムとは、違う音色がインターホンから聞こえてきた。これは管理人室の受付に設置された、呼び出しボタンが押された際に鳴る音だ。

玄関ロビーにいる誰かが、管理人を必要としている。

恨みがましいまるをの視線から逃げるように、続きの扉で管理人室に移動する。

「おはようございます」

管理人室の受付の窓口にいたのは、蜂谷母娘《おやこ》だった。二人そろって朝からどうしたのだろう？　でも二人の周囲からは、どことなく楽しげなオーラが漂っている。

「昨日は突然のお願いに対応していただいて、ありがとうございました。おかげさまで、娘もとっても楽しく過ごせたみたいです。ね？」

「お世話になりました」

樹里ちゃんが、ぺこりと頭を下げる。

「いえいえ、僕は特に何も」

こうやって並んでいると、やはり親子だ。少し垂れ気味の目元の辺りが、よく似ている。

「あの、これ」

母親の百合佳さんに促され、樹里ちゃんが一枚の紙片を差し出してきた。「来客者申請書」だ。訪問者の名前は昨日同様「布施明日香」とあったけれど、日付は今日になっており、昨日は空欄だった保護者署名の欄も、ちゃんと「蜂谷百合佳」と記名されている。

「すごく意気投合したとかで、今日もね、ウチで一緒に勉強する約束をしたそうなんです」

本人に代わって、百合佳さんが詳細を報告してくれる。

「えーと、本日は午前十時にいらっしゃるんですね？」

「そうなんです！　それでお昼をね、明日香ちゃんも一緒にウチで食べてもらうのよね？　もう張り切っちゃって、娘と朝からハヤシライス仕込んじゃった。ね、樹里」

百合佳さんのマシンガントークを当の樹里ちゃんは嫌がる様子もなく、うんうんと頷きながら聞いている。

「ゆっくりしてもらってね。ママは今日は午後には帰れると思うし、パパも出張から帰って来るから、もし間に合ったらママたちにも紹介してね」

「わかった」

「炊飯器のスイッチ、入れるの忘れないようにね。やっぱり炊き立てが一番だものね。そうそう、冷蔵庫にゼリー作っておいたから、デザートに食べてね。樹里の好きな桃のゼリー。明日香ちゃんも好きかしら？」

「ママ、仕事遅刻しちゃうよ」

「あらやだ、そうね。すみません猿渡さん、諸々よろしくお願いします」

足取りも軽く、百合佳さんは出掛けていく。「じゃあね、樹里。楽しんでね」と、何度も振り返りながら。

「ママの方が、楽しそう」

ひとりごとのように呟いた樹里ちゃんの表情は柔らかく、彼女も友だちの再訪を心待ちにしているのがわかる。

「楽しみですね」

ついそう声を掛けたけれど、

「それじゃあ、よろしくお願いします」

同意の言葉はもらえずに、樹里ちゃんはエレベーターホールへと向かっていく。

「ばう」

いつの間にか、部屋からまるをがこちらに来ていて、僕の後ろにいたらしい。まるをの存在に気づいたから、樹里ちゃんは行ってしまったのだろうか。

「いつかわかってもらえるといいな。おまえは怖くなんかないって」

よいしょと抱き上げると、

「ぶふぅ」

と、鼻息で答えるまるを。それは同意にも、「どうでもいいよ」の答えにも感じられた。いつだって、まるをはマイペースだ。


「管理人！　管理人!!　緊急事態！　緊急事態!!」

まるをを連れて、マンション内をひととおり回って戻ると、管理人室の窓ガラスを激しく叩いている人影があった。

「どうしたの？　かんなちゃん」

顔を見なくても、ピンクの髪色の後ろ姿でわかる。

「あーいた！　よかった！　どこ行っていたのよ、もう！」

「館内点検だよ。何かあったの？　あれ？　今日も仕事じゃなかったっけ？」

壁の時計は、既に十時近い。

「今日は遅番。仕事は間に合う。でも！」

両手を掲げて宙を仰ぐかんなちゃんの姿は、戦争映画「プラトーン」のＤＶＤジャケットの絶望ポーズを見るようだった。いったい何にそんなに絶望しているのか。

「今朝は絶対早起きして、あいつらを遊ばせてやろうと思っていたのよ。最近、忙しくてなかなか時間が取れなかったから。なのに！　思いっきり寝過ごしました!!」

あいつら、というのは、恐らくかんなちゃんのキジムナーたちのことだろう。

「なんだ。要するに寝坊？」

「なんだとは失礼ね。運動不足になったあいつらを放っておくと、どんなことになるかあんた知らないでしょ？」

「部屋で暴れるとか？」

「それは通常運転。運動量が足りないとね、あいつら巨大化すんのよ。有り余ったエネルギーが体内で膨張して」

かんなちゃんの帽子や洋服に潜めるくらいの、小ぶりなモルモットにも似た毛むくじゃらなキジムナーたちを思い出す。あの子たちが巨大化？

「大玉転がしってやったことある？」

「ああ、小学校の運動会で」

「簡単にあのくらいまで育つから」

「……それは、まずいね」

壱、弐、参の三匹のキジムナー。二〇三号室、１Ｋの間取りのかんなちゃんの部屋で、大玉サイズの彼らに跳ね回られたら、上下左右の住民はたまったものではないだろう。

「そこでお願い！　管理人さん！」

「え？　僕？」

手を合わせて拝まれて、動揺していると、

「ワウッ！　ワウッ！」

突然まるをが吠え出した。いつになく、激しい吠え声。

「部外者だね」

マンションの入口に視線を向けたかんなちゃんが、警戒心丸出しで呟く。

「大丈夫。ちゃんと来客者申請書は出ているよ」

自動ドアの向こうには、三〇一号室の訪問者、布施明日香嬢の姿があった。

樹里ちゃんが部屋から解錠したのだろう。開いたドアから入ってきた明日香嬢が、こちらに向かって来る。

「こんにちは。あ、昨日のワンちゃん」

声を弾ませ、まるをに近づく彼女は、今日は白デニムのショートパンツ姿で、長い足をさらに長く見せている。

「わぁ、おねぇさん、ピンクの素敵なヘアカラーですね。かわいい！」

「……どーも」

フランクすぎる人と、不愛想すぎる人。極端な二人。

「こんにちは。申請、承ってます。どうぞお進みください」

「はーい。おじゃましまーす」

跳ねるような足取りで、明日香嬢はエレベーターへと向かう。その背中を、かんなちゃんは鬼刑事のような目つきで見つめている。

「蜂谷さんところの客だって？」

「うん。樹里ちゃんのクラスメイトだよ」

言ってしまってからハッとした。提出された個人情報を他者に漏らしてしまうのは、管理人としてNGなのではないかと。

「大丈夫だよ。誰かに言うつもりもないし」

動揺が顔に表れていたのか、ズバリ問題点を指摘された。

「で、でも、かんなちゃんが不安になる必要はないと思うよ。樹里ちゃんもマンションの秘密は守るって言ってたし、何しろあんなに明るくてしっかりした、それも中学生の子が、何か問題を起こすだなんて思えないよ」

かんなちゃんがマンションを訪れる外部からの人間を、必要以上に用心する理由は知っている。

僕がカシェット緑ヶ丘に越してくる以前、太った蛇を「ツチノコ」と偽って住み着いた男が、かんなちゃんのキジムナーたちをさらって売り飛ばそうとしたのだという。おかげで引っ越し当時、僕も大いに警戒された。

「悪さをする奴に、年齢も性別も第一印象も関係ないでしょうが！　あーあ、大丈夫かねえ、ウチの門番でもある管理人が、人を疑おうともしない性善説の塊《かたまり》で」

でもかんなちゃん。あの子は樹里ちゃんの友だちなんだ。ずっとひとりだった、樹里ちゃんの――。

そう言いたかったけれど、口をつぐんだ。プライバシーは守らなくては。

「ま、あたしの取り越し苦労だったらいいんだけどさ。それより、話の続きだけれど」

聞きそびれていた、かんなちゃんからのお願いの内容とはいったい？

「壱ぃー、弐ぃー、参ー、ちゃんと大河の言うこと聞くのよー！」

顧客のニーズに応え、最適なサービスを提供する。オーナーＹＵＤＡさんのアドバイスから、自分が目指すのはカシェット緑ヶ丘のコンシェルジュだと考えるに至ったのはまだ一昨日《おととい》の話。早速、個人的な依頼を実行できる場が訪れた。

「ウチの子たち、遊ばせてやってくんない？」

かんなちゃんの「お願い」とは、巨大化がはじまった三匹のキジムナーの運動不足を解消させてくれというオーダーだった。

「ここで思う存分、跳ねさせてあげてほしいんだ」

そう言って連れてこられたのは、屋上庭園に建つ温室だった。温室の中には、熱帯から亜熱帯地方に分布する常緑樹・ガジュマルの木が育てられている。ガジュマルの木の妖精であるキジムナーは、この木で遊ぶのが大好きなのだそうだ。妖怪の仲間だと思っていたキジムナーは、妖精の一種でもあるのか。蜂谷家の妖精とは随分と見た目が違うけれど。

「思い切り遊ばせれば、元のサイズに戻るの？」

かんなちゃんが言ったとおり、いつの間にかキジムナーたちは、バスケットボール大まで大きく育っていた。

「戻る戻る。あ、でもずっと付き添っていなくても大丈夫だから。たまに様子見に来てやって。あとお腹すかせていたら、これあげてくれる？」

渡されたのは、大量の煮干しが入った袋だった。

「魚も食べるの？」

「魚も肉も果物も、なんでも食べるよ。基本雑食だから」

かんなちゃんが帰宅予定の午後十時まで、今日は温室は貸切にする手配をした。激しく跳ね回るキジムナーたちが、温室を訪れた誰かにぶつかって怪我でもさせたら大変だからという理由で（実際、バスケットボール大の一匹に体当たりされた僕は、二メートルほど吹っ飛んだ）。

バイン、バインと賑やかな音を立てて、温室の中を縦横無尽《じゅうおうむじん》に跳ね回るキジムナーたちを、かんなちゃんが目を細めて見つめている。わかるわかる。可愛い我が子が無邪気に遊ぶ姿を眺めているときって、そういう顔になるよね。ところでウチの子は？　と振り返ったところで絶句した。

「うわぁ、何やってんだよまるを」

目を離していた隙に、植え込みの中に入り込んだまるをは、泥遊びをはじめていた。

「はは、トリュフでも探してんじゃないの？　それじゃあたし行くわ。あとよろしくね」

確かに鼻は短いけれど、まるをは豚じゃないぞ。反論する間もなく、かんなちゃんは小走りに仕事へと出掛けて行った。

どうせ汚れてしまったのだから、いっそ飽きるまで遊ばせようと、存分にまるをに土と戯《たわむ》れさせたあと、部屋に戻りシャワーで全身を洗ってやったり乾かしたりおやつをあげたり、ドタバタしているうちに、とっくにお昼を回っていた。冷凍うどんをレンジでチンして、だし醬《じょう》油《ゆ》を回しかけ、一気に呑み込む。「野菜が足りない！」と、嶺君に怒られそうな昼食を数分で済ませると、

「ちょっと温室を見てくるから、留守番頼むな」

座り心地が気に入ったのか、今日もまるをは管理人室の椅子をちゃっかり陣取り、つけてやったパソコン動画を眺めている。

『成敗！』

歌舞伎役者のように見得を切るちょんまげ男の声を背に、煮干しの袋をつかみ管理人室を出る。

外から見ると、椅子に座ったまるをが、まるで管理人室の受付を担っているようだった。「可愛いフレブルが、住民の皆様をお出迎え」。そんな見出しをつけて、広告に載せたいようなワンシーンだ。

「おお！　本当に小さくなってる‼」

わずか数時間で、温室で遊んでいたキジムナーの三匹は、バスケットボールからハンドボールくらいの大きさまで小さくなっていた。

「たくさん食べて、たくさん運動しろよ」

カリカリと煮干しを頬張る三匹の様子に、思わず頬がゆるむ。と――。

ズボンの尻ポケットに入れておいたスマホが震えた。

画面には「蜂谷さん」の名前が表示されている。昨日、名刺をもらった際、僕のスマホの番号も伝えておいたのだ。わざわざ携帯にかけてくるなんて、何か急用だろうか。急いで「通話」の文字をタップする。

『猿渡さん！　すみません、すぐにウチの様子を見に行ってもらえませんか？　樹里に、樹里に何かあったみたいなんです！』

取り乱した様子の百合佳さんの声が、耳に飛び込んできた。

『《早く帰ってきて》って泣いて繰り返すばかりで、状況がまったく見えないんです』

「わかりました。すぐ見に行ってみます」

『ちょうど今、駅で主人と合流したところなんで、私たちも、急いで向かいますから』

会話を終え、向かったエレベーターは一階に止まっていた。待つ時間も惜しく、階段を駆け下りる。

三〇一号室の扉は、薄く開いたままになっている。

「蜂谷さん！　蜂谷さん！　大丈夫ですか？」

扉を強く拳《こぶし》で叩くが、返答はない。

「蜂谷さん！」

扉の隙間から中をのぞくと、玄関の先のリビングにへたり込むように座る樹里ちゃんの背中が見えた。

「失礼します！」

スニーカーを脱ぎ捨て、駆け上がる。

「樹里ちゃん、お母さんから電話をもらったんだ。何があった？　遊びに来ていた友だちは？」

部屋には樹里ちゃんの姿しか見当たらない。既に帰宅したのだろうか。

「あれ？」

リビングの天井近くを、ひらひらと舞う影があった。モンシロチョウにモンキチョウ、小さな蝶たちが何匹も飛んでいる。

左手奥の部屋を見れば、蝶の飼育部屋の引き戸の扉が開いたままになっている。部屋から出てきてしまったようだ。でも、特別に目立つ、あの子の姿が見当たらない。

モルフォ蝶の、きらめく青い羽を持った妖精。

「どうしよう」

涙で顔をぐちゃぐちゃにして、樹里ちゃんが呟いた。

「ママの、ママの大事なセオが……」

セオ——。

はじめて聞くその名前は、いったい誰なのか。

6

「樹里！」

「樹里！　怪我はないのか？　何があったんだ？」

何を聞いても泣き続けるだけの樹里ちゃんから詳細は聞けないまま、どこかにあの妖精が隠れているのではないかと、飼育部屋を隅から隅まで捜索していたところ、ようやくご両親が到着した。

「蜂谷さん」

百合佳さんと、その隣にいるご主人であろう人物がリビングにいた。サマージャケットにノーネクタイのオフィスカジュアルといったスタイルの男性。

「猿渡さんですね。妻から話は聞きました。色々お世話になり、ありがとうございます」

「いえ、僕は何も」

蜂谷氏に丁寧《ていねい》に頭を下げられたが、問題はまだ何ひとつ解決していない。

「樹里、泣いていたらわからないでしょ？　ちゃんと説明して？」

樹里ちゃんの背中を撫でながら、百合佳さんは彼女から話を聞き出そうとする。

「……いなくなっちゃったの。セオが。ママの、セオが」

「セオドアが？」

樹里ちゃんの言葉を聞いた百合佳さんが息を呑み、そして固まった。

「……あの、セオドアとは、誰のことですか？」

状況が見えずに、近くにいた蜂谷氏に、思い切って質問をした。

「我が家の妖精だよ。その中でも、妻が子供の頃から一緒に暮らしている、特別な子がセオドアだ」

「もしかして、あの青い羽の？」

「知っているのかい？」

既に一昨日、エアコンの修理のために、この部屋を訪れていたことを伝える。

「君はすぐに、あの子たちが妖精の姿で見えたのかい？」

「あ、はい」

「すごいな。僕は見えるようになるまで、一年以上かかった。いや、そんなことより」

言葉を失っている百合佳さんの代わりに、蜂谷氏が樹里ちゃんに尋ねる。

「『いなくなった』とは、どういう意味だ？　樹里。いつそれに気がついたんだ？」

肩を震わせ、しゃくりあげながら、それでもなんとか樹里ちゃんが伝えてくれた事《こと》の次第をまとめると――。

午前十時。約束どおり蜂谷家を訪れた布施明日香嬢と一緒に、樹里ちゃんはリビングで夏休みの宿題をはじめた。お昼になり、お母さんと作ったハヤシライスを食べ、デザートによく冷えたアイスティーとゼリーを出したときのこと。明日香嬢がグラスを倒してしまい、テーブルや床だけでなく、樹里ちゃんのスカートまで濡れてしまった。

「テーブルは私が片付けておくから、着替えておいでよ」

明日香嬢に言われた樹里ちゃんは、素直に自分の部屋で着替えをはじめた。その時間はわずか数分であったという。着替えを終えた際、「ガチャリ」という玄関ドアの音が聞こえてきた。予定より早く両親が帰ってきたのかもと戻ったリビングは、予想に反して無人であった。母も父も、それどころか明日香嬢の姿も、彼女の荷物も見当たらない。彼女が片付けると言っていたテーブルの上は、乱れたそのままになっている。

「明日香ちゃん」

名前を呼んでも返事はない。

そのとき、樹里ちゃんは気づいてしまった。両親が大切にしている「妖精」たちの部屋のドアが開いていることに――。

「いなくなってたの、青い羽の蝶だけが。ママがセオって呼んで、大切にしていたあの子だけが。どこを探しても見つからないし、明日香ちゃんに連絡しても、電話もＬＩＮＥも繋《つな》がらなくて。もしかして明日香ちゃんが……」

「……大丈夫よ。樹里。大丈夫だから」

涙の止まらない樹里ちゃんを、百合佳さんが抱きしめる。

「でもまだ、その友だちのせいだと決めつけるのは早くないですか？　隙間を見つけて逃げてしまったとか、もしかしてまだこの部屋のどこかに隠れているかも」

僕の言葉に、蜂谷家の三人は顔を見合わせる。

「……いないわ、ここにはもう。私にはわかる」

口を開いたのは、お母さんの百合佳さんだった。

「それとね、セオが自分の意志で、ここから逃げ出すなんてことは、絶対にあり得ないの」

「どうしてですか？」

「セオは、……私の『守護妖精《ガーディアン・フェアリー》』だから」

百合佳さんが話してくれたのは、彼女と「守護妖精」との強い繋がりについてだった。

――私、生まれつき身体が弱くてね。お医者さんからも「この子は長くないでしょう」なんて言われていたらしいの。ショックを受けた両親を訪ねてきたのが、母方の祖母。彼女はイギリスの血を引くクォーターで、スピリチュアルな占い師として活躍していた人だったの。「これをこの子のそばで、大切に飼いなさい」と言って、彼女が譲ってくれたのが、一匹の青い蝶だったの。でもそれがただの蝶じゃないってことは、物心がついた頃から私にはわかっていた。両親には、見えていなかったみたいだけれど。

祖母は「二人だけの秘密ね」って教えてくれた。ウィンクしながらね。

その蝶が、ガーディアン・フェアリーという妖精だということ。しっかりと愛情を注げば、護るべきと決めた者のために、彼らは生涯全身全霊を捧げてくれるということ。私にとってのそれが、セオなの。

「セオに、セオに何かあったら、ママはどうなるの？　死んじゃう？　ママ、死んじゃう？」

妖精に関しては無関心だと思っていた樹里ちゃんが、激しく動揺していたのはそれが理由だったのか。

「大丈夫よ。樹里、ありがとうね。大丈夫。大丈夫だから」

言葉とは逆に、百合佳さんの顔は青ざめ、蜂谷氏の表情も暗く曇っている。

「なんとかして、取り返さないと」

蜂谷氏の声に、強い決意と怒りがにじんでいた。

「樹里、正直に言うんだ。その友だちに、ウチの蝶たちを『妖精』だと話したのか？」

「言ってない。でも、昨日ウチに来たときに『あの部屋は何？』って聞かれて、『蝶を育てている』ってことは話しちゃった。でも、部屋の中は見せていない。ホントだよ！」

「……そうか」

「ねぇ、なんでパパ、そんな怖い顔しているの？　本当にママは大丈夫なの？」

「大丈夫よ。とにかく、なんとかしてセオを探さなきゃ」

立ち上がった百合佳さんの、足元は心許ない。

「百合佳。君は座って休むんだ」

肩を貸した蜂谷氏が、百合佳さんをリビングのソファに導く。呼吸も苦しげで、イヤな汗をかいている。

「樹里。おまえは大丈夫か？　熱っぽかったり、具合が悪かったりしていないか？」

「……大丈夫だよ。どうしてそんなこと聞くの？」

「いいか樹里。おまえにはまだ話していなかったことがある。セオはな、ママにとってだけではなく、おまえにとっても大切な守護妖精なんだ」

「私にとっても？」

蜂谷氏は続ける。

「おまえがママのお腹にいたとき、母子共に危険な状態と医者から言われるようなトラブルが起きたんだ。そのときも、セオの力でなんとか二人とも助かった。セオはもう、樹里にとっても『運命共同体』と言っていいような存在なんだ」

「……ごめんね樹里。ずっと黙っていて。あなたが妖精の存在について、悩んでいたのは知っていた。だから、なかなか打ち明けられなかった」

そこまで言うと百合佳さんは、辛そうに息を吐き、

「パパごめん。私のバッグから、アレを取って」

蜂谷氏に、何かを取ってくれるように頼んだ。彼がバッグから取り出し、百合佳さんに

手渡したのは、小さなスプレーボトルだった。

百合佳さんがボトルをプッシュすると、キラキラと光る金色のミストが宙を舞った。

「はぁー、生き返る」

ミストを全身に浴びるかのように大きく両手を広げ、深呼吸をする百合佳さん。

「あ、この香りは……」

甘い蜜の香りが辺りを満たす。蜂谷母娘と出会って、もう何度も嗅いできた匂いだ。

「わかります？　これ、セオの羽の鱗粉を、仁太郎さんにリキッドにしてもらったものなの。私の、緊急栄養補給剤みたいなもの」

カシェット緑ヶ丘の大家さん・馬場《ばば》仁太郎氏は、アメリカのアイビーリーグの博士号を有する、発明家の顔も持つ。ときに住民や特別なペットのために発揮される彼の頭脳の結晶が、ここにもあった。

「でも、これはあくまでも一時しのぎだ。百合佳がこんな状態だということは、セオも相当弱っているんじゃないのか？」

「それは、私が一番よくわかっている」

幾分元気を取り戻したかのように見えた百合佳さんだが、蜂谷氏に向けられた笑顔には無理があった。

「さ、探しましょう。一刻でも早く。樹里ちゃん、その友だちの家とかはわかるの？」

意気込んで尋ねたが、樹里ちゃんは力なく首を横に振る。

「話をするようになったのも、つい最近だし……。友だちだと思っていたのは、私だけだったのかも……」

「何か、理由があるのかもしれないよ。とにかく探そう。彼女を、それとセオ君を。って、あれ？『君』で合ってますか？　それとも『ちゃん』？」

宇宙からの来訪者のようなツルツルの身体を思い出す。果たしてその性別は？

「妖精には、性別はないのよ、猿渡君。無事に見つかったら、『セオ』って呼んであげて」

ここにはいない、妖精の名を呼ぶ百合佳さんの声は、優しく切ない。

「『セオドア』。ギリシャ語で『神の贈り物』っていう意味よ」

カシェット緑ケ丘に据え付けられたエレベーターは一基。築二十年のマンションだけれど、そこまで作動が遅いわけではない。と思っていた。昨日までは。三階まで箱が登って来るのを待ちきれず、再び階段を駆け足で下りる。目的は、管理人室。

「まるをだ。まるをに探してもらいましょう」

妖精・セオを探すために僕が思いついた提案を、蜂谷家の三人にプレゼンした。

まるをは鼻が利く。そして人語を解する。数時間しかいなかった明日香嬢の匂いが三〇一号室に残っていなかったとしても、セオの甘いあの匂いをたどっていけばきっと——。絶対うまくいくとは言い切れなかったけれど、試す価値はある。

「とにかく、まるををここに連れてきます！」

そう言って飛び出してきた三〇一号室。

一階のロビーに到着し、管理人室の窓を見て、僕の心臓は大きく跳ねた。

「……あれ？」

まるをがいない。受付の椅子に座っていたはずのまるをがいない。管理人室はもぬけの殻《から》だ。おまけに、なんで窓が開きっぱなしなんだ？　閉め忘れたのか？　いや、そんなはずは！

「まるを！」

ドアを開ける間ももどかしく、窓から身を乗り出し、そこにいるはずのまるをを探す。いない。椅子の下にも、管理人室の隅に置いたベッドの中にも。

「まるを!!」

自室に戻っているのかと部屋に飛び込むが、期待は外れ、そこにもまるをを見つけることができなかった。何より、自室と管理人室を繋ぐ扉は、施錠されたままだった。

いったい、どこに消えてしまったんだ。まるを。

マンションの中ならまだしも、もし外に出て行ってしまっていたら。炎天下の中、どこかで迷子になっていたら。

「そうだ。防犯カメラだ」

一〇五号室に居住していた糸魚川家の河童の緑介君の家出騒動のあと、インターホンのモニターとは別に、マンションを出入りする人物の映像が残せるようにと、広域撮影が可能の監視カメラが玄関に取り付けられた。その映像を確認すれば、まるをの行方は絞れるはずだ。まるをだけではない。三〇一号室から妖精と共に姿を消した明日香嬢に関しても、何か手掛かりが得られるかもしれない。

管理人室のパソコンに飛びつき、監視カメラの再生ソフトを立ち上げる。録画画像を巻き戻していくと、まずは血相を変えた蜂谷さんのご夫婦がマンションに駆け込んでくる姿が映し出された。そしてさらに映像をさかのぼると、

「……嘘だろ?」

マンションを出て行く明日香嬢が映っていた。辺りをうかがいながら、逃げるように小走りで。そして何より目を疑ったのは――

「……まるを!」

彼女が胸に抱えていた黒い塊は、間違いなく僕のまるをだった。

7

照りつける午後の陽射しの中、僕と樹里ちゃんはアスファルトを蹴って駆けていく。ぬぐってもぬぐっても、流れる汗が目に入ってくるけれど、立ち止まってはいられない。白昼堂々さらわれた、まるをとセオを助け出さなくては——。


布施明日香がまるをを連れ去る決定的瞬間をプリントアウトした画像を手に、僕は三〇一号室に戻った。

「ごめんなさい、私のせいでワンちゃんが……」

「本当にすまない。君たちまで巻き込んでしまって」

「違います。そうじゃないんです」

僕が画像を蜂谷一家に見せたのは、謝罪の言葉が欲しかったからではない。

「まるをを見てください。知らない人に抱っこされてどこかに連れ出されそうになっているのに、まるで抵抗していない。これはおかしいと思うんです」

まるをは誰にでもついて行く、フレンドリーなフレブルではない。さらにまるをの正体は魔獣・ケルベロスだ。いざとなったら女子中学生の一人や二人、跳ね飛ばして逃げられる。

「何か、理由があるはずなんです。まるをは、気づいたんじゃないでしょうか。彼女がバッグの中に、セオを隠し持っていることを」

超自然的存在であるモノ同士の波長の共鳴。それを感じて、まるをは自ら窮地に飛び込んだのではないだろうか。

「この彼女のバッグの大きさで、それは可能ですか？」

肩に背負っているのは、学習道具が入る程度の大きさの白いリュックだ。

「可能です。蝶の生体を搬送する場合、羽根を畳んだ状態で紙に包み、ケースに入れて運ぶんです。厚めのファイルにでも入れてしまえば、この鞄でも充分だと思います」

そう教えてくれたのは蜂谷氏だった。奥さんと娘さんにとっての大切な守護妖精。その仮の姿である「蝶」について、彼も多くを学んでいるのだろう。

そこへ――

――キュロロロロロ、キュロロロロロ

聞き覚えのある、笛によく似た音色が聞こえてきた。小さな蝶たちが妖精に姿を変えて、百合佳さんの頭上を激しい羽ばたきで旋回している。

「……あなたたちにも、わかるのね」

通常とは思えない、蝶の動きが不安を煽る。

「彼らは、何を……」

尋ねるのを躊躇《ちゅうちょ》するほど、百合佳さんの顔色はますます白くなり、声も細く枯れている。セオの鱗粉のミストの効果も、長くもたないくらい衰弱している。

「この子たちは誰かの守護妖精というわけではなくて、セオに引き寄せられてウチに来た子たちなんだ。百合佳と同様に、セオとの繋がりが深い。この子たちが、これだけ動揺しているということは」

ひとつ息をついで、蜂谷氏が告げた。

「セオに、危険が迫っているという証拠だ」

蝶たちが動線を変えて、リビングの窓へと向かっていく。ガラス窓にぶつかる勢いで羽ばたき、

「キュロロ、キュロロ、キュロッ、キュロッ、キュロロロロロロ」

何かを訴えるような鳴き声を、奏で続けている。

「どうした？　外へ出せって言っているのか？」

彼らに声を掛ける蜂谷氏に、

「……パパ。窓を開けて、その子たちを外に出してあげて」

震える声で、百合佳さんがお願いをした。

「きっと、その子たちが、セオの居場所まで導いてくれるはず」


そうして僕と樹里ちゃんは、蝶たちのあとを追って緑ヶ丘の街へと飛び出したのだった。外を走り回るなんて到底無理な状態の百合佳さんと、彼女に付き添う蜂谷氏の代わりに、僕が追跡役を申し出た。

今はまだ元気だったが、百合佳さん同様に守護妖精のセオに守られている樹里ちゃんも、いつ体調を崩してしまうかわからない。無理をしない方がいいに決まっているのに、

「私も行く。明日香ちゃんに、どうしてこんなことをしたのか、ちゃんと確かめたい」

頑として譲らない樹里ちゃんも、僕と同行することになった。百合佳さんから渡された、セオのミストのボトルと一緒に。

「管理人さん」

「どうかした？　具合悪い？」

「そうじゃなくて」

追跡の途中、樹里ちゃんが口を開いた。

「ちゃんと謝りたくて。こんなことになったのは、私が自分のことしか考えていなかったからだから。自分に友だちができないのは、全部妖精や、あのマンションのペットたちのせいだって決めつけていた。誰かのせいにする方が簡単だったから」

「……樹里ちゃん」

「この香りを嗅いで思い出したの。あの子はずっと、変わらずにそばにいてくれた。私の、生まれて一番最初にできた友だち。なのになんで私は、あの子を突き放すようなことをしちゃったんだろう」

そう言って樹里ちゃんは、百合佳さんから渡された大切なボトルをぎゅっと握り締める。

「これは僕の推測なんだけれど」

「なんですか？」

「今、樹里ちゃんに妖精たちの姿が見えないのは、彼らが君のことを信頼していないからじゃなくて、君がもう一度心を開いてくれるのを信じて待っているからだって思うんだ」

「……私を、信じて？」

「そう。だってね、僕は最初から気づいていたよ。樹里ちゃんとセオと樹里ちゃんのお母さん、みんなから同じ匂いがしていた。三人とも、強い絆で繋がっているんだってわかっていた。信頼していないわけがないじゃないかって」

「本当に？」

「本当だよ！　今からでも遅くない。もう一度セオに会えたら、ちゃんと樹里ちゃんの気持ちを伝えてあげよう。それと、僕のまるをも紹介させてね。可愛い奴なんだ、あいつ」

「……はい。見つかりますよね、絶対」

「うん！　まるをはね、可愛いだけじゃない。いざとなったら、めちゃくちゃ頼りになる僕の相棒なんだ。だから安心していいよ」

まるをがセオと一緒にいる確信はなかったけれど、ついそんな言葉が口に出た。

だってまるをはもう何度も、カシェット緑ヶ丘で起きたピンチを救ってくれている。

だから、絶対大丈夫。

自分で自分に言霊《ことだま》をぶつける。信じるんだ。セオもまるをも、無事でいることを。

蝶の群れは住宅街を抜け、土手沿いを進んでいく。彼らが遠目にも普通の蝶の姿に見えるのは、万が一通行人に目撃されても騒ぎにならないために姿を変えているからだろう。

二十分ほど走っただろうか。僕らは蝶たちに導かれ、工場が立ち並ぶ町外れの一角までたどり着いた。

日曜日で工場はどこも操業を停止しているのか、それとも元々閉鎖された工場跡なのか、周辺は人気も車通りもなく、蟬《せみ》の鳴き声だけがワンワンと耳にこだまする。

「大丈夫？　少し休もうか」

隣に立つ樹里ちゃんが、大きく肩で息をしているのに気づく。赤いはずの唇が、プールに入ったあとのように色を失っている。

「大丈夫です。私がこんな状態なんだから、ママはもっと辛いはず。急がなきゃ……」

――キュロロロロ

突然聞こえてきた鳴き声に、樹里ちゃんと顔を見合わせた。

「聞こえた？」

「はい。聞こえました。私にも」

樹里ちゃんの表情に、光が差した。

蝶たちの姿を探すと、一軒の工場の近くで、小さく群れになっているのが見えた。あそこにいるのだろうか。セオが。まるをが。

波打つ外壁で囲まれた、四角い灰色の巨大な箱。経年劣化で黒ずみ、ところどころ剝《は》がれてしまっている壁。割れた窓ガラス。見るからに、「廃工場」の雰囲気を醸《かも》し出している。不良のたまり場のようなイメージしか浮かばないこの場所と、女子中学生の布施明日香のイメージが結びつかないけれど。

「中に入るとしたら、あそこからでしょうか？」

シャッターが半分下りている状態の正面の入口を、樹里ちゃんが指さした。

中の状況は皆目わからない。建物の手前に張り巡らされたフェンスに隠れながら、中で動きがないか様子をうかがう。果たして、すぐに飛び込んでも大丈夫だろうかと。

ミストを浴びて、樹里ちゃんの顔色はいったん落ち着いていた。でもこれはあくまでも気休めの状態でしかない。早く次の行動に移さなくては。

「裏口がないか、建物の周りを調べてみよう」

「はい」

蝶たちがまるで僕らを率いるようにして、廃工場へと向かっていく。

音を立てないように、建物の周囲を探る。壁に近づき中の気配に耳を澄ますと、言い争う何人かの声が聞こえてきた。何を揉めているのか、音がくぐもってはっきりとわからないのがもどかしい。そのまま壁沿いに進んでいくと、片開きのドアが外れかけてぶら下がっている裏口に行き着いた。中をのぞくと、積み重ねられた錆《さ》びた足場が、ちょうどいい具合に隠れ場所になっている。

「はぁ？　なんだよ。まだ登録もできてないのかよ。ネットオークションなら俺に任せとけとか、調子こいてたくせによぉ」

「うるせぇな、色々大変なんだよ。盗んだモン、売っ払おうとしてんだから。身バレしたら、元も子もないだろ？」

会話がようやくクリアに聞こえてきた。若い男たちの声だ。

「ねぇ、誰か直接買い取ってくれる人いないの？　その方が手っ取り早いじゃん。ていうか、なんかもう飽きてきちゃった。あとはもう、二人の好きにしていいや」

続けて聞こえてきたのは、女の子の声だった。歯切れのよい口調には聞き覚えがある。

後ろにいた樹里ちゃんを振り返ると、僕の思いが伝わったのか、今にも泣きそうな顔で頷き、小さくこぼした。

「……明日香ちゃんです」

認めたくない事実だったけれど、なんとかこの目で確かめようと、足場の隙間からのぞき見ると、

「マジ？　おまえの分け前は？」

「いらない。別にお金に困っているわけじゃないし」

布施明日香と、ちょっとふくよかな子と背の高い子の二人の男子がいた。

「うわ。さすが名門女子中に通うお嬢様は、言うことが上からだわぁ。いいなぁ、俺も言

ってみてぇ。『金には困っとらん』とかって。あ、それより明日香ちゃんみたいに、お医者様のパパとママが欲しいですぅ」

「おい、それ明日香の前では禁句だから」

「ひえー、おっかねぇ。彼氏に怒られた」

「彼氏なんかじゃないし」

おどけた声を上げるふくよかな男子に、布施明日香の冷たい声が飛ぶ。

「退屈だったから、遊んでいるだけ。彼氏とか、めんどくさい」

「きついなぁ、相変わらず。いいからおまえは早く、売りさばいちまえよ」

背の高い子に指図されて、スマホに向かうふくよか男子。三人の関係性が、なんとなく見えてきた。

「管理人さん、あそこ。机の上」

こっそり告げられた樹里ちゃんの言葉に、机の上へ目を向ける。

三人が腰掛けた、積まれた足場の陰に、数台の灰色の事務机が捨て置かれていた。その一台の机上《きじょう》、子どものおもちゃのような、くたびれたプラスティックの黄緑色の虫籠《むしかご》が目に留まった。中には一匹の青い蝶が、無理やり押し込まれ力なく横たわっている。

――セオだ。

「この蝶、マニアの間じゃ人気の品種みたいだぜ。きっと高く売れるぞ」

「でもさ、なんかこいつだいぶ弱ってねぇ?」

「どうせこういうのって標本とかにするんだろ? だったら死んでいたって構わないんじゃないの? 知らんけど」

「だよなぁ」

男子二人は派手な身なりでもなく、髪色も髪型も大人しい。悪さをしそうなタイプには到底見えないのに、言ってることは、極悪非道《ごくあくひどう》だ。「悪さをする奴に、年齢も性別も第一印象も関係ない」。かんなちゃんの言葉がよみがえる。

「あ、ラッキー! 先輩から、五万で引き取るってメール来た!」

「おうどっちだよ? 虫? それとも犬っころ?」

「犬」の単語に、僕は全神経を耳に集中させる。

「犬、犬。なんか人気らしいぜ。そのブサ犬」

ブサ犬。それは絶対まるをのことだ。やはりまるをもここにいるんだ。いったいどこに。

「いた!」

事務机の下の暗がりに、じっと丸まる黒い塊を見つけた。

「こいつ、全然危機感ねぇのな。めちゃ寛《くつろ》いでんじゃん」

太っちょ野郎の言うとおり、この状況下でまるをはまったり居眠りをしている。繋がれているようにも見えないのに、逃げ出しもせず。

虫籠の中のセオの羽は、鮮やかだった青色がくすみ、弱々しくしおれ、時折痙攣《けいれん》したようにピクリと動く。まずはまるをよりセオだ。今すぐにでも、セオを解放しなくては。

「樹里ちゃん。僕が奴らを引き付けている間に、セオを逃がしてあげてくれ」

足場の後ろから回り込めば、セオの近くに行けるはず。

「わかりました」

樹里ちゃんを送り出し、「よし」と自らに気合を入れて一歩を踏み出す。

「君たち！　ウチのまるををどうするつもりだ！」

仁王立ちで、大人の威厳を見せつける。素直に自分たちの悪事を認め、反省するのなら許してやってもいいだろう。なのに、

「誰？　このおっさん」

「知らね。自己紹介もなしに、何ひとりでイキってんですかぁ？」

男子二人は、まるでひるむ様子がない。さらに、

「あ、あのマンションの管理人じゃん。何？　人のあとつけてきたの？　キモイんですけど」

布施明日香までもが、ひどい悪口を投げ掛けてくる。ひとの犬を勝手に連れ出しておいて、なんて言い草だ。

「とにかく、まるをを、ウチの犬を返してくれたらそれでいい」

「この犬が、あなたの犬だって証拠、あるんですか？」

「は？」

「だってこの子、首輪も何もしていないじゃないですか？　どうやって証明するんですか？」

確かに首の短い犬種のまるをは、散歩の際は胴体に取り付けるハーネスを使うけれど、呼吸器のトラブルを避けるために、普段は首輪を着けていない。しかし、この期《ご》に及んでそんな言いがかりをつけてくるなんて。まったく話にならない。

「おいで、まるを！　帰るぞ！」

しかし呼び掛けても、まるをはいびきも高らかに眠りこけ、目覚める気配がない。

「ほーら。あなたの声を聞いたって、この子明らかに無反応じゃない？　そんな飼い主がいる？」

そんなことを言われたらぐうの音《ね》も出ないけれど、管理人の僕にはとっておきの切り札がある。

「証明も何も、君がまるをを連れ去った映像は、ちゃんと監視カメラに残されているんだぞ」

「おい、マジかよ明日香。まずいんじゃないかそれ」

僕の切り札に、のっぽ野郎がようやく動揺を見せる。

「ああっ、もううるさいなぁ。どうせこっちは未成年だし、犬なんてただの『モノ』扱いで処理されるだけでしょ？　とっとと警察にでもなんでも、訴えればいいじゃない」

布施明日香が吐き捨てたと同時に、彼女の背後で足場の陰に身を隠していた樹里ちゃんが飛び出し、机の上の虫籠をつかみあげた。

「おい！　何するんだ！」

制止する太っちょの声を無視して、樹里ちゃんが飼育ケースに囚《とら》われていたセオを、空中へと解き放った。

「逃げて！　早く!!」

しおれた羽をなんとか動かし、心もとない羽ばたきではあったが、かろうじてセオは宙に浮かんでいる。

「おい、逃がすなよ。早く捕まえろ！」

のっぽに命じられた太っちょが、かぶっていた帽子を振り回して、セオを捕まえようと

あがく。しかし、

「何してるの？　早く遠くへ逃げて！　ウチへ、ママのところに戻って!!」

何故かセオは、樹里ちゃんのそばから離れようとせずに、

「……キュロロ……ロロロロ……」

弱々しい音ながらも、何かを伝えようと訴えるように鳴いている。そういえば、僕たちをここまで導いてくれた蝶たちの姿が見当たらない。どこかに隠れているのか？

「ちょっとあんた！　何勝手なことしてんのよ！」

「……明日香ちゃん」

激しい口調で、布施明日香が樹里ちゃんに喰いつく。

「明日香ちゃん、ひどいよ。どうしてこんなことを」

「何よ。泣けばどうにかなるとでも思ってんの？　ガキかよ？」

涙目の樹里ちゃんに、布施明日香は追い打ちを掛けるように暴言を重ねる。

「あれ？　まるをは？」

ふとまるをが寝ていた事務机の下を見ると、いつの間にか姿が消えている。

「おい、だからちゃんと繋いでおけって言っただろう！」

「そんなこと言ったって、あいつ寝てばっかりだったから」

のっぽと太っちょが揉めているが、そんなことより今はまるをだ。

「まるを！　まるをー!!」

敷地中に届けとばかりに声を張る。すると、

「うるせぇっ！　静かにしろ!!」

刺すような叱咤の声が、空から降ってきた。

「……まるを？」

いつの間に登っていたのだろう。組まれた足場の最上段から、まるをが僕を見下ろしている。

「ったく、来るのが遅ぇんだよ」

「まるを！」

まるをが喋った。ベテラン声優のような渋い声。久々に聞くまるをの人語だ。

「やっぱりおまえ、わざとさらわれたんだな。セオを助けるために」

「あの悪ガキが、背中の荷物に妖力《ようりょく》を持った何かを隠していたのに気がついたからな。悪事を企んでいるんじゃないかと、見届けてやろうとしたのさ。それより大河」

「ど、どうしたの？」

「耳を澄ませ。悠長《ゆうちょう》に語り合っている場合じゃねぇぞ」

僕とまるをが話す状況を見て、

「おい、なんなんだよおっさん。いきなり腹話術とか、笑えねぇんだけど」

若人たちが、うろたえている。そりゃそうだ。普通のフレブルは喋らない。でもここで、まるをの正体を明かすわけにはいかない。僕の一発芸だと信じているのならそれでいい。

「……管理人さん、何か聞こえてきませんか？」

樹里ちゃんは、まるをが口をきいたことよりも、まるを同様に「何か」の音を気に掛けていた。息を止めて聴覚を研ぎ澄ます。雷でも近づいているのか？ ゴーゴーという低音と、キーンと耳を震わすような高音が、混じり合って聞こえてくる。

「おい、大河。とっとと逃げ出すぞ。厄介なことになる」

「や、厄介なことって？ なんなんだよ、まるを」

「しつこいわね！ いつまでつまんないひとり芝居続けるつもりよ！」

布施明日香が叫んだ。その直後、

――ギュロロロロ、ギュロロロロ

どこかに隠れていたと思っていた、セオを探し出してくれた蜂谷家の蝶たちが姿を現すと、緊急事態を告げるサイレンのような鳴き声を発しながら、布施明日香と二人の悪ガキの頭上をグルグルと飛び回りはじめた。

「な、なんなの？　いったい」

普通の蝶ではあり得ないようなスピードで、急旋回する蝶に、布施明日香が不安げな声を上げる。続けて、

――ゴゴゴゴゴゴ
不気味な地鳴りが聞こえてくると、建物全体が小刻みに揺れはじめた。

「じ、地震？」

廃屋の工場だ。大きな揺れがきたら崩壊もあり得る。すぐさま避難しなくては。

「……いや、そうじゃねぇ」

一点を見つめるまるをの視線を追うと、工場の窓の向こうの空が、またたく間に黒雲に覆われていくのが見える。そして、ぐわんぐわんと空気を震わせて、鳥肌が立つような不気味な音が聞こえてきた。

「ま、まさか……」

この不快な音には、覚えがある。野原や山中で耳にしたら、思わず悲鳴を上げてしまうようなブーンというこの音。

虫の羽音だ。アブか？　蜂か？　それも、一匹や二匹なんかじゃない。羽虫の大群が、ここへ押し寄せようとしているのでは？

「う、うわぁ、なんだアレ!?」

太っちょが、甲高《かんだか》い悲鳴を上げた。彼の視線は窓ではなく、床面に向いていた。破れた壁材の隙間から、重油のような真黒な液体がゴボゴボと、床を伝ってこちらへ向かってきていた。いや、ぬらりと光ってはいるが、あれは本当に液体か？

「ぎゃぁぁぁぁぁぁ」

黒い塊の正体に気づいたのだろう。のっぽが叫ぶ。僕も、喉まで出かかった悲鳴を、なんとかグッと呑み込んだ。

それは床を這う、無数の害虫の集団だった。ムカデ、ゲジゲジ、ヤスデに加えて、名前を聞くのもおぞましい「G」と呼ばれるアイツまでもが、てらてらと体を黒光りさせながら群れを成して迫ってくる。と——

ガシャ————ン

ガラスの割れる音が、四方から響いた。

ウワ————ン

窓を突き破って、吹き荒れる嵐のように大量の羽虫が室内に飛び込んでくる。

「きゃぁぁぁぁぁ——」

「うわぁぁぁぁぁぁぁ——」

布施明日香と仲間たちの絶叫も、虫たちの猛烈な羽音にかき消されていく。建物の中を竜巻のように飛び回る羽虫と、黒い絨毯《じゅうたん》と化して地を這う虫たちに、身動きが取れない。

「ちっ、遅かったか」

「ま、まるを。おまえが言っていた『厄介なこと』ってこれか？」

普段からは想像できないような瞬発力で、まるをが足場の上から飛び降り、僕の足元へと着地した。忍犬《しのびけん》。そんな言葉が脳内でひらめく。

「あの青い野郎、俺が思っていた以上に上位級の妖魔みたいだな」

「青い野郎って、セオのことか？」

この状況下で、セオは、そして樹里ちゃんは無事なのか？

「樹里ちゃん！　大丈夫か⁉」

彼女の無事を確かめようと、声を張る。すると、

「だ、大丈夫です！」

飛び交う虫のせいで霞《かす》む視界の中、声の先に僕が見たのは、羽ばたくセオの羽から舞う、黄金色の鱗粉に包まれる樹里ちゃんの姿だった。輝く鱗粉が生み出した空間は、大きな繭《まゆ》のようになって、樹里ちゃんの安全を確保している。

「守護妖精だよ、まるを。セオは、樹里ちゃんの守護妖精なんだ」

蜂谷家の女性たちを護る、守護妖精。虫の猛攻から、セオは樹里ちゃんをああやって保護しているのだろう。

「なるほど。そりゃ妖精界でもトップクラスだな。配下の奴らが怒るのも仕方ねぇ」

低い声でまるをが唸《うな》る。

「この虫たちは、セオの仲間ってこと？」

「仲間というより、忠実な手下だ。親分をひどい目に遭わせた奴らに、報復しようと集まってきているんだろう」

「じ、じゃあ、なんで僕らまで？」

攻撃を避けながら喋らないと、容赦なく口の中に羽虫が飛び込んでくる。僕はセオの味方だ。なのにどうして攻撃してくるんだ？

「こいつらにそこまでの知能はない。守護妖精を持たない俺とおまえは、あそこの悪ガキどもと同類の敵としか見なされていねぇんだよ」

「そんな……」

「もっと厄介なことを教えてやろうか」

「この状況より!?」

「ひとたびこいつらを怒らせたなら、その破壊力は、ひとつの国が滅びてしまうほどだと言い伝えられている」

「く、国ぃ!?」

農作物を食いつくすバッタの群れ。集団で生物を襲う凶悪なアリ。想像を絶するような虫の脅威は、間違いなく存在する。

いったいどうすれば――。

思案する間もなく、ブンブンと羽根をうならせて、標的を見つけたとばかりに僕たちに向かってきたのは、スズメバチの大群だった。

「まるを！　危ない！」

せめてまるをだけでも守らなくてはと、胸元にまるをを抱え込み、地面にうずくまる。

「放せバカ！　おまえは一度やられているだろうが！　もう一度刺されたら、ヤバいんだぞ！」

僕の身体の下から這い出そうと、まるをがもがく。確かに僕は学生時代、キャンプ場で蜂に足を刺された経験があった。腫れあがった足のせいで、まるをの散歩にもずっと行けなかった。再び刺された場合、アナフィラキシーショックの恐れがあるのは知っている。

でも、

「ダメだよ！　まるをだって、もし刺されてアレルギーが出たら」

肌も呼吸器も弱く、僕より断然体の小さなまるを。まるをを守るのは、飼い主である僕の役目なんだ。

さらに強く、僕はまるをを抱きしめる。

「まったくおまえときたら、何か大切なことを忘れちゃいないか？」

こんなにも緊迫した状況にもかかわらず、余裕に満ちた声でまるをが言う。

「俺様の、本当の姿をよ」

まるをの台詞と共に、何かが爆発したかのような激しい衝撃を腹部に受けた。瞬間、僕の身体は天井高くまで飛ばされる。

――かと思ったのも束の間、

「ま、まるを!?」

僕は、まるをの背にまたがっていた。一瞬のうちに、いつもの愛くるしいフレンチブルドッグの姿から、巨大な魔犬へと変化《へんげ》したまるをの背中に。

「おう、俺だ」

まるをの声が三重に聞こえる。三つの頭を持った、魔界の番犬・ケルベロス。ついに僕は、この目でまるをの真の姿を目撃することができたのだ。

8

「な、なんなんだこいつ⁉」

「バケモンだ！　バケモンが出た‼」

布施明日香の仲間が騒ぎ出す。無理もない。いきなり目の前に、天を衝《つ》くような巨大な魔犬が現れたのだから。金色の光に守られた樹里ちゃんは、驚きのあまり目玉がこぼれ落ちそうなほど両目を見開いたまま、身動きすらしない。

「ふ、腹話術の次はマジックショー？　こんなのどうせどこかから、プロジェクターかなんかで映してんでしょ⁉」

布施明日香だけは、相変わらず大口をたたいているけれど、顔色は真っ青だ。

プロジェクションマッピングなどではないことを見せつけるかのように、ケルベロスの三つの頭がそれぞれ「グルルルル」と唸り、ボタボタとヨダレを滴《したた》らせながら彼女に近づいていく。

「ち、近寄るな！　バケモノ！」

さすがに恐怖に煽られたのか、走って逃げようとしたけれど、床を埋め尽くした虫たちに足を滑らせその場に倒れ込んだ。

「いやぁぁ！　取って！　早くこいつらを取って!!」

布施明日香の身体に、害虫たちが次々と這い上がっていく。

「そ、そんなこと言ったたって」

助けを求められた仲間たちも、自分を襲って来る虫を追い払うのに必死で、彼女に構う余裕はない。

「おい、大河。俺の体の下に隠れろ。新手《あらて》がやってくるぞ」

背上の僕に、まるをの左の頭が振り返り、告げる。

「まだ何か!?」

「尻尾につかまって降りろ。急げ」

振り返ると、まるをの背中の終わりに、ふさふさする毛に覆われた長い尻尾《しっぽ》が立っていた。いつものまるをの、短くて丸まった尻尾が、こんなにも立派になって……。

「ぼんやりすんな！」「さっさと移動しろ！」「死にてぇのか！」

今度は、三つの頭に同時に怒られた。

「で、でも、まるをは？」

飛び回る虫たちは、まるをの黒い巨体にもひるむことなく襲い掛かってくる。

「業火《ごうか》吹き荒れる地獄の地が、俺の故郷だぜ？　このくらい、風に吹かれたのと変わりねぇよ」

ケルベロスの広く逞《たくま》しい背中に別れを告げて、尻尾をつたい床に降りると、言われたとおりまるをの体の下に入り込んだ。漆黒のビロードにも似た長く艶《つや》やかな毛が、カーテンのように虫の侵入を塞いでくれている。

「大河！　できるだけ息を止めておけ！」

まるをの声が落ちてくる。いったいどんな状況なのか。確かめずにはいられずに、まるをの毛並みの隙間からのぞき見る。

割れた窓ガラスから、無数の蝶が舞い込んできた。いや、太い体、櫛《くし》の歯状の触覚、あれは「蛾」だ。蛾の群れは羽ばたきながら、その羽から紫色の鱗粉を振り撒いていく。それはまるで煙のようになって、辺りを覆っていく。

「毒蛾だ。あいつの鱗粉に気をつけろよ。どんな影響があるかわからねぇ」

「わ、わかった」

着ていたシャツを、鼻の上まで引き上げてマスク代わりにする。

「か、かゆい。かゆいかゆい！　なんだコレ！」

紫煙《しえん》を浴びた、布施明日香の仲間がむせ返りながら悲鳴を上げる。Tシャツから出た腕に、びっしりと現れた赤い発疹《ほっしん》。あれが毒蛾の鱗粉による攻撃だろうか。

「ふざけんなっ！　ただの虫けらのクセにっ!!」

吠えるように、布施明日香が叫ぶ。さらけ出した腕も足も、そして顔までもが赤く腫《は》れあがり、怒りの形相《ぎょうそう》で自力で立ち上がったその姿は、まるで赤鬼のようだった。

「こうしてやる！　こうしてやる！」

足元の虫たちを片っ端から踏み潰していく。続けて、

「生意気なんだよ！　どいつもこいつも!!」

拾い上げた鉄パイプを、手当たり次第に振り回す。はたき落とされた羽虫たちが、次々と散っていく。

「うぉぉぉぉぉぉぉ」

のっぽと太っちょも、彼女の真似をして椅子をふりかざし反撃に出る。

そこへ、

「やめて！　明日香ちゃん！　これ以上、乱暴しないで！」

周囲の喧騒を切り裂くような、樹里ちゃんの悲鳴が響いた。

「泣いている。虫たちが泣いているよ！　お願い、もうやめて！」

「はぁ？　冗談じゃないよ！　こんな身体にされて、されるがままでいろって言うの!?」

布施明日香の殺戮《さつりく》は続く。血走った目。むき出しにされた歯。鬼女《きじょ》だ。僕は今、鬼女を目の前にしている。

「セオ、なんとかしてあげて。このままじゃ明日香ちゃんが……。それに彼女を止めなきゃ、セオの仲間たちだって」

樹里ちゃんに乞われたセオが「キュロロ、キュロロ」と虫たちを説得するように鳴いているが、まだ完全に元気を取り戻したわけではないのか、その声は細く、怒り心頭の虫たちには届かない。

「あの小娘の言うとおり、ほっときゃどちらかが全滅するまでやり合うしかないだろうな」

「そんな……」

まるをの非常な言葉に、戦慄《せんりつ》する。

「仕方ねぇ。荒療治といくか」

三つの頭のうち、真ん中の青い瞳の一匹が舌なめずりをした。まさか、あいつらを食う気じゃ——。

「成敗！」

三つの声がユニゾンとなり、空気を震わせた。

「地獄を見やがれ」

雷鳴のようなケルベロスの咆哮《ほうこう》と共に、三匹の口から紅蓮《ぐれん》の炎が噴き出す。

「ぎゃぁぁぁぁぁぁぁぁぁぁぁ」

布施明日香、のっぽ、太っちょの三人が、まるをが吐いた真っ赤な炎に、あっという間に呑み込まれていく。

「な、なんてことするんだ！　まるを！」

彼らは決して褒められた行動はしていない。だからといって若い命を、火あぶりで処刑してしまうなんて。

「落ち着け。よく見てみろ」

「え？」

炎のように揺らぐ赤い光の中で、三人は悶え苦しんでいるが、洋服や髪に着火している気配はない。

「ごめんなさい、ごめんなさい！　母ちゃんの財布から金くすねてました！　姉ちゃんのクレカこっそり使って課金しました!!」

「職員室で試験問題盗み撮りしました！　ネットの裏サイトに悪口書き込みました！　もうしません！　許してください!!」

床に膝をつき、天を仰ぐようにして、のっぽと太っちょがいきなり懺悔《ざんげ》をはじめた。

「な、何をしたの？　まるを」

「文字どおり、地獄を見せているんだよ。奴らは今、俺が作り出した幻影の中の地獄にいる。だからああやって、己の罪や心の闇を全部さらけだして、懺悔せずにはいられないってわけさ」

わかりやすい説明で教えてくれたのは、青い瞳の頭だった。こいつがリーダー的な存在なのだろうか。

「あの炎に、そんな力が？」

ケルベロスなまるをの妖力に感心していると――

「ごめん！　樹里！」

樹里ちゃんの名前を呼ぶ、声がした。

「仲良くなれると思ったのに、全部私がダメにしたの。……私が、私がいけなかったの」

そう言って泣き崩れたのは、あんなにまで強気だった布施明日香だった。

「……樹里も、私と同じ孤独で寂しい子なんだって思ってた。お互いわかり合えると思ってた。……なのに、樹里は家族に大切にされていて、愛されていて、私とは全然違ってた。だからうらやましくなって、意地悪したの。困らせてやろうって、蝶を盗んだの」

布施明日香の懺悔を、樹里ちゃんは黙って聞いている。

「ママもパパも一番大事なのは仕事で、私がどんなに勉強や部活で頑張っても、興味も示さない。だったら、とことん悪い子になってやろうって思ったの。それで怒られた方が、無視されるよりましだって。……ごめんなさい、樹里。巻き込んじゃって、ごめんね。本当に、ごめんなさい！」

「……明日香ちゃん」

床に突っ伏し、声を上げて泣く布施明日香に、樹里ちゃんが静かに声を掛ける。

「話してくれれば、良かったのに……」

ごめんなさいを繰り返す三人に、もう反撃をする様子はないと判断したのか、虫たちの攻撃もいつの間にか止まっていた。

――キュロロロロロロロロロ

瑠璃色《るりいろ》の羽を大きく広げたセオが、ひときわ高く舞い上がり、鈴の音のような鳴き声を響かせた。

――キュロロロロ、キュロロロロ

セオに続いて、蜂谷家の蝶たちも姿を現し、声を合わせる。その声に従って、虫たちがゆっくりと動き出した。蛾の大群も、羽虫の群れも、呪いが解けたかのように四方へと飛んで窓の外へと消えていき、床を埋め尽くしていた毒虫たちも、みるみるうちに散開《さんかい》していく。

「助かった……のか？」

ケルベロスなまるをのお腹の下から這い出ると、紫の霧で霞んでいた周囲もすっきり視界が晴れていた。

「おうよ」

ぶるりと巨軀《きょく》を震わせて、きっぱりとまるをが答える。

「か、管理人さんのワンちゃんですよね」

「うん、そうなんだ」

まるをを見上げる樹里ちゃんの目に、怯えや恐れが浮かんでいないかを探る。けれど、

「……すごい。ケルベロス、ですよね？　管理人さんのワンちゃん、ケルベロスだったんですね！」

横顔からでもわかる。彼女の目、いや表情全部が、興奮と感動に満ちあふれていることが。

「そ、そうなんだよ。いや、実は僕もほんの数か月前に知ったんだけどね。おまけにこの姿を見るのは、僕もはじめてなんだよ。一度なんてね、『正体を見せてやる！』って言っ

て三つの頭の魔犬じゃなくて、いつものフレンチブルドッグ三体に増殖したことがあったからね。だから、本当に──」

樹里ちゃんにまるをの存在を否定されなかったことが嬉しくて、言葉が洪水のように流れ出る。

「すごいよね」

すべての感情を「すごい」の三文字に込めて、改めて目の前のケルベロスの姿のまるを眺めた。

鼻面《はなづら》の長い狼にも似た頭が三つ、それぞれが赤、青、緑の宝石のように輝く瞳を携えている。鼻ぺちゃないつもの顔が微塵《みじん》も思い浮かばないほどに、精悍《せいかん》でりりしい顔立ち。それらを支える胴体と四本の脚は、引き締まった筋肉で包まれ、全身から放たれる凄《すさ》まじいオーラに圧倒される。その雄々《おお》しい姿に思わず見惚れてしまっていると、

「いつまでもじろじろ見てんじゃねぇ。それより大河、あいつらどうするつもりだ？」

青い目の頭が顎《あご》で示した方角を見る。

「わっ！　し、死んでる⁉」

布施明日香と仲間二人は、白目をむき、倒れたままピクリとも動かない。

「死んじゃいねぇよ。地獄を体験したんだ。フルマラソン並みの体力を消費したも同然。

気絶するのもしょうがねぇな。ほっときゃ数時間で目を覚ますだろう」

「肌の腫れも引きますか？」

毒蛾の鱗粉で、赤く腫れあがったままの痛々しい手足を気づかってか、樹里ちゃんがまるをに尋ねた。なのに、

「そいつは俺の分野じゃねぇ」

三つの頭、全部にそっぽを向かれた。そこへ、

――キュロロロロロロロロロ
軽やかな音階の鳴き声と共に、青い羽の蝶が彼らの上を飛びはじめた。セオだ。セオが金色の鱗粉を、三人の身体に振り撒いている。

みるみるうちに、三人の肌の赤みが消えていく。驚くべき特効薬だ。

「ありがとう、セオ。ひどいことされたのに、明日香ちゃんを治してくれたんだね」

「キュロロ、キュキュキュ、キュロロロロロ」

樹里ちゃんの言葉に、会話するようにセオが鳴く。

「それだけじゃない。セオはずっと、ママだけじゃなくて、私のことも護ってくれていた。なのに、私は友だちが離れていったのをセオのせいにして、勝手に距離を置いたりして……。セオが、セオドアが、私にとってはじめての、何より大切な友だちだったのに」

「キュロロ、キュロロロロ、キュロロロロ」

ひときわ高く響いたセオの鳴き声に引き寄せられ、何匹もの蝶たちが集まってきた。白い羽、黄色い羽、オレンジ色の羽、蜂谷家にいた蝶たちだ。

「あ……」

ゆっくりと、蝶たちの羽の中央に、小さな人型の生物の姿が浮かんでくる。妖精だ。妖精の姿になって、セオの無事を、騒動の解決を喜びの舞で祝うかのように、みな飛び回っている。

「……妖、精」

樹里ちゃんの表情が、スポットライトが当たったように晴れやかに輝きだした。

「管理人さん！　見えた！　見えました!!　私にも、セオたちの本当の姿が!!」

「やった！　やったね、樹里ちゃん」

「ああ、セオ、あなたすっかり大きくなったのね。髪も伸びて、すごくよく似合ってる。この子たちは、まだ赤ちゃんだね。ふふ、あの頃のセオみたいにほっぺがぷっくぷく」

声を弾ませ、妖精たちに話し掛ける樹里ちゃんの言葉に、僕は慌てて尋ねる。

「ちょっと待って。髪の毛とか、ほっぺたとか、樹里ちゃんにはこの子たちがどんな風に見えているの？」

僕には彼らが、灰色の地球外生命体にしか見えていなかった。しかし樹里ちゃんには、彼らはサイズこそ違えど、髪も目鼻も口も、表情もちゃんとある、羽を持つ「ヒト」の姿で見えているのだという。僕に見えていた彼らの姿は、まだまだ「仮」の姿だったのか。

「やっぱり、僕なんかとは繋がりの深さが違うんだね」

僕の言葉に、樹里ちゃんは照れたように微笑む。

「あ、そうだ」

万事解決。そう安堵《あんど》したけれど、

「肝心なことを忘れていた」

いざというときを想定して、首にかけてきたペンダントを取り出す。

「なんですか？　それ」

「これ？　これはね、『サル笛』」

「サル笛？　猿渡さんの笛？」

「いや、そうじゃなくてね」

僕は手にしていたペンダントトップの、銀色のペン状の笛について解説をした。

カシェット緑ヶ丘の大家さん、そして発明家でもある馬場仁太郎氏が、彼のペットのフルーツバットに魂を宿した悪魔・サルガタナスの、人間の記憶や時間を操る能力を、笛の音によって再現できるようにした革命的な発明品が、このサル笛なのだと。

「明日香ちゃんの記憶を消しちゃうの？　私のことも、全部忘れちゃう？」

「大丈夫、全部じゃないよ。でも、ここで見たことは忘れてもらう」

まるをの正体も、虫たちの暴動に関しても。

「良かった」

心底安心したように大きく息をつく樹里ちゃん。こんな大ごとを引き起こした原因はすべて布施明日香なのに、それでも彼女のことが気にかかるのか。

そんな僕の複雑な内心を感じ取ったのか、樹里ちゃんは言う。

「明日香ちゃんてね、カッコいいんです。勉強もスポーツもできて、自分の意見もはっきり言えて。ちょっと正直すぎるところがあるから、女子たちからは「キツイ」とか「怖い」とか言われちゃうんだけれど、でも私はすごく憧れていたの。孤高の人、って感じで。

……でも、そんな明日香ちゃんでも、悩んでいることがあったんだなって」

まっすぐな視線で、彼女は続ける。

「今度は私から、明日香ちゃんに伝えようと思います。『友だちになろう』って」

「じゃあ、またマンションに誘った際には、来客者申請書の提出をお願いしますね。今度はしっかりと、目を光らせておくから」

「はい」

改良が加えられたサル笛は、より長時間の設定が可能になった。一時間、いや念のため二時間分、消去タイマーをセットする。サル笛の力で、二人の友情ももう一度最初からはじめられますようにと――。

「樹里ちゃん、耳を塞《ふさ》いで」

願いを込めて、吸い込んだ空気を、一気にサル笛に吹き込んだ。

「これにて一件落着、だな」

三つの首がぶつからないよう、それぞれぐるりと器用に回したケルベロスなまるをが、前脚を突き出し背中を反《そ》らせて大きく伸びをした。いつものまるをの短い手足の伸びと比べると、とんでもなくダイナミックな伸びを。

「さぁて、俺もそろそろ元の姿に戻るか。この体だとやたら腹が減っていけねぇ」

「え？　戻っちゃうのか？」

「俺の背中に乗って、マンションにご帰還するつもりか？　そんなことしたら、明日のトップニュースは俺とおまえで決まりだぞ」

「じゃ、じゃあちょっと待って。一枚でいいから、写真撮らせて」

慌てていたせいでポケットに引っかかってしまったのか、スマホが取り出せずもたつい

ていると、

――シュウウウウウウウウ

という空気が抜けるような音と共に、ケルベロスなまるをから、水蒸気のような白い煙が噴き出した。

「まるを⁉」

煙に包まれたまるをの姿が、見えなくなってしまったかと思ったら、

「ばう」

白煙が消えると、そこにはいつもどおりのまるをがいた。

「まるを！」

思わず抱き上げて頬ずりをする。ああやはり、僕の腕にフィットする、この慣れ親しんだサイズ感は最高だ。短い手足、むっちりとした体、つんとする体臭。どれをとっても愛おしい。抱きしめているだけで、心が和《な》いでいくのがわかる。

「帰ろう、まるを」

みんなの我が家、「カシェット緑ヶ丘」へ――。

「私たちも帰ろう。ママとパパが待ってる」

――キュロロロロロロロロ

樹里ちゃんの呼び掛けに、セオたちが答える。

「管理人さん、今度のマンションの住民懇親会には、ママとパパとセオたちと一緒に、私も参加してもいいですか？」

「もちろんだよ！」

「私も、もっとまるを君や、色んなペットたちと、もう一度仲良くなりたい。……もう遅いでしょうか？」

「とんでもない！」

樹里ちゃんの心境の変化を、僕はマンションの住民を代表して大歓迎する。

「ぜひ参加してほしいな。みんなに紹介しなくちゃね。三〇四号室の鳥飼《とりがい》さんちのカナリアは知ってる？　なんとセイレーンなんだ。セオたちみたいに綺麗な声で鳴くけれど、長く聞きすぎると酔っぱらっちゃうから注意だよ。一〇三号室の美子《みこ》さんちには、中国の四神獣《しんじゅう》の一匹が住んでいるし、二〇三号室のかんなちゃんは沖縄出身で、彼女の家にはキジムナーっていう妖精でもある妖怪がいて……って。あーーーーっ！」

セオとまるをの追跡劇に全精力を注いでいたため、すっかり忘れてしまっていた。

かんなちゃんから託された、三匹のキジムナーのことを――。

9

カシェット緑ヶ丘に帰り着いた僕は、樹里ちゃんをご両親の元へと送り届けると（百合佳さんはすっかり、元気を取り戻していた）、真っ先に屋上の温室へと駆け込んだ。かんなちゃんから、運動不足が心配されるキジムナーたちを思い切り遊ばせて、時々様子を見てやってほしいと頼まれていたのに、うっかりすっかり放置してしまっていた。

「ま、まずい」

ガジュマルの木の上に見つけた、かんなちゃんの三匹のキジムナーは、遊びすぎてエネルギーを相当使ってしまったのか、ピンポン玉の大きさにまで縮んでいる。危うく見失うところだった。

「かんなちゃんに、怒られる」

ありったけの煮干しと、走って買ってきたバナナの山を与えると、なんとかキジムナーたちは元のソフトボール大にまで戻ってくれて、遊び疲れたのか、ガジュマルの木の根元でスヤスヤと居眠りをはじめた。

「まるを、おまえ……」

ようやくひと休みと思ったら、またしても目を離していた隙に花壇に潜り込んでいたまるをが、泥だらけになってドヤ顔で僕を見上げていた。

廃工場で埃《ほこり》まみれになった上に、泥までもたっぷり塗り込んだまるをの体を洗うため、玄関脇の水場で行水《ぎょうずい》をさせる。

太陽は西の彼方に傾きはじめ、肌を刺すようだった日差しも随分と和《やわ》らいできている。

「バブッシュ！」

たらいの中のまるをが、盛大なくしゃみをする。

「冷えてきたか？　もうあがるか？」

タオルでくるみ、体を拭いてやりながら、

「おい、まるを」

今日一日を振り返り、改めて伝えたかった言葉を、まるをに告げた。

「おまえのおかげで、今回も助かったよ。ありがとうな」

まるをは黙ったままである。工場から戻る道すがら、まるをは再び喋らなくなってしまった。

「でもな、まるを」

それでも思いは通じているだろうと信じて、続ける。

「めちゃくちゃ心配したんだからな、おまえがいなくなって。だから」

お願いだ、まるを。

「二度と、僕を置いてどこかに消えたりしないでくれよ」

僕の言葉を、背中で聞いていたまるをがクルリと振り返り、大きな口をニカっと開いて、お得意の笑顔を見せた。ああ本当に、僕はこの笑顔に弱いのだ。

「ま、『終わりよければすべてよし』ってことだよな? 相棒」

そう声を掛けると、まるをは答えの代わりに体をブルンと震わせて、残った水気を吹き飛ばした。

使い終わったたらいを洗うために、ホースから水を豪快に噴出する。沈みかけた陽の光では虹を作ることはできなかったけれど、ホースが生み出した水の放物線は、虹の弧によく似ていた。

目まぐるしく過ぎた三連休の管理人体験期間も、そろそろ終わろうとしている。正式に管理人となれば、僕はこの、不思議な生物とその飼い主たちが住むカシェット緑ヶ丘で、さらなる激動と驚きの日々を送ることになるだろう。

「おまえと一緒にな」

「ばう」

当然だとでも言いたげに、まるをがひと声吠えて返す。

水が描いた虹の向こうに建つ、夕日に映えるカシェット緑ヶ丘。「オズの魔法使い」のドロシーは、冒険の最後に言ったっけ。

「家より素敵な場所はない」と——。

誰もがそう感じて、帰ってこれる場所。

カシェット緑ヶ丘が、そんな場所になればいいなと、新米管理人の僕は願うのだった。

1

近世ルネサンス期において、人類の三大発明は「火薬・羅針盤《らしんばん》・活版《かっぱん》印刷」であると、かつて世界史の授業で学習した。

では現代の三大発明とは？

科学技術に明るくない僕には、熱いディスカッションはできないけれど、ひとつだけ断言させてもらいたい。

「飛行機」だ。

なぜあんな鉄の塊が空を飛ぶのか？　いやまず、どうして飛ばそうなんて思ったのか。

人類の欲望と知能が集結した、驚くべき発明品が、また一機、目の前から大空へと飛び立つ。ライト兄弟の時代から、凄まじい進化を遂げたジャンボジェットの機体が、あっという間に小さくなっていく。

ブラボー人類。

そう叫びたくなるほどに、世界中に向けて飛行機が飛び立ち、そして降り立つこの場所に、初めて訪れた僕は、まるで小さな子どものように興奮していた。

日本最大の空の玄関、「成田《なりた》国際空港」で——。


「えっ⁉　猿渡君、飛行機に乗ったことないの？」

まるをの正体がケルベロスだとわかったときだって、こんなに驚かなかったのに。大家さんときたら、まるで珍獣を見るような視線を僕に送ってきた。

「ええ、海外どころか国内も、飛行機で移動するような旅行はしたことないんで」

その日、僕は大家さんに頼まれて、一〇五号室への荷物の搬入を手伝っていた。河童の緑介君と糸魚川夫妻が引っ越したあと、大家さんは空室となっていた一〇五号室の次の入居者を探していた。何しろここ「カシェット緑ヶ丘」は普通のマンションではない。魔獣・妖獣・悪魔に妖怪、そして彼らと共に暮らす人々のための特別な場所なのだ。そう簡単に、次の入居者が決まるのだろうかと危惧《きぐ》していたところ、

「あのね、夏休みの間、台湾《たいわん》の大学生をホームステイさせることになったから」

あっさりと、大家さんに告げられた。

「正確に言うと、今度の秋から大学生だね。あっちは日本と違って、秋入学だから。本人

たちは寝袋があればいいだなんて言うんだけれど、さすがに女の子を床に寝かすのもねぇ」

「女の子なんですか？」

「そう。女の子二人。だから、エアーベッドみたいな簡易ベッドをレンタルしようと思うのよ。あと冷蔵庫と電子レンジがあれば、数週間程度なんとかなるかなって」

そうしてレンタル業者のトラックがやってきた搬入日、ベッド二台と寝具、そして家電を運び終えると、大家さんと二人、マンションのロビーに備えられたソファでひと息つきながら、海を渡ってやって来る女子大生の話題から、空を飛んだことのない僕の話となった。

「そうかぁ。まるを君がいたら、そう遠くには行けないもんねぇ」

大家さんのご意見はもっともだ。でも僕には、いや我が家にはそれよりも、気軽に旅行などには行けなかった理由があった。

僕が中学生の頃、父が他界した。父の死後、看護師の資格を持っていた母がフルタイムで働くようになり、「お金のことは心配しなくていい」なんて言ってはくれたけれど、

「まだ見ぬ世界を見てみたい」

漠然とした夢を抱いて進学を希望していた高校は、修学旅行が海外の上、交換留学の制

度も充実していた。でも夜勤続きで、リビングのソファで崩れるように寝落ちする母の姿を何度も目にするようになって、余計な負担を掛けるべきではないと、母に相談せずに進路を変えた。奨学金で通った大学時代も、少しでも早い返済をと考え、バイトにも励んだ。そして就職後は、まるをと一緒に「ペット可」の部屋に住むための資金作りに明け暮れ、そんな多忙な日々の中、海外への憧れは薄れていった。

現在の僕は、海を越えなくたって「まだ見ぬ世界」を体験できることを知った。様々な人との出会いと別れ、そして何より、カシェット緑ヶ丘での暮らしの中で。

しかしながら、

「じゃあさ、猿渡君が迎えに行ってあげてよ。私みたいなおじさんより、年の近い君の方が適任だよ」

大家さんの提案に、胸が躍ったのは確かだ。

「台湾にですか⁉」

あの国は何が目玉だっけ？　屋台グルメ？　歴史的建造物？　有名なジブリ映画を彷彿《ほうふつ》とさせるような街並みも、確か台湾だったはず！

そんな浮かれた思い込みに走ってしまったのは、やはり心のどこかに異国への想いがあったからだろう。

「ごめんね。台湾じゃなくって、空港まで」

恐縮する大家さんに、こちらの方が申し訳なくなる。勝手に妄想を暴走させたのは、僕なのに。

「せっかくだからさ、いろいろ見学しておいでよ。間近で見るとね、ホント感動するから」

滑走路に並ぶ、機体と尾翼《びよく》に様々なデザインを施した世界各国の飛行機。そしてそれが空へと羽ばたいていく様。展望デッキから見渡すことのできる光景に、大家さんの言葉を実感する。

「あ、まずい」

はじめての空港体験に夢中になっている間に時間は溶けてゆき、台湾からの飛行機の到着時刻が迫っていた。当初の目的を思い出し、遅刻するわけにはいかないと、到着ロビーへ早足で向かう。

「歓迎！　詠晴《ヨウチン》&語彤《ユートン》」

大家さんお手製の手書きのボードを掲げ、台湾から来日する二人組の女子を待つ。スーツケースを載せたカートを押した旅行者で、ロビーはあふれかえっている。

僕と同じく出迎えのために柵の前で待機していた人たちが、次々と到着客とめぐり逢いを果たし、出口へと向かっていく。

なかなか姿を見せない二人に、ふと一抹《いちまつ》の不安が頭をよぎった。果たして、彼女たちは無事に入国できているのだろうか。そもそもちゃんと出国できたのだろうか。もしや、バレてしまったのではないだろうか。

所持しているパスポートが、偽造されたものだということが――。

「『モシナ』って、知ってる?」

どういう経緯で大家さんが台湾に住む女の子と知り合い、カシェット緑ヶ丘にホームステイさせることになったのかを尋ねると、聞いたことのない単語が返ってきた。

「え? なんですか? モシナ? 新種の野菜とか?」

「それ『モヤシ』をイメージしちゃっていない? 違う違う。台湾の、妖怪の名前」

カシェット緑ヶ丘に迎え入れようというのだから、ただの女子のはずがないとは思っていたけれど。妖怪だって? それも台湾の? 驚く僕に、妖怪・妖魔・魔獣に関しての話題になると、一気にテンションが上がる大家さんは、立て板に水の口調で、詳しい説明をしてくれた。

「『魔神仔《モシナ》』はね、台湾では誰もが知っている有名な妖怪なの。日本で言うなら『河童』とか『天狗《てんぐ》』くらい? 悪戯《いたずら》好きで人間に悪さをしたりもする困った妖怪でもあるんだけれど、僕の古い友人の家では代々守り神のような存在でね」

「蜂谷さんのお宅の、守護天使みたいなものですか？」

「うーん、あそこの妖精は奥さんとお嬢さんの生命エネルギーと直結したタイプでしょ？　どちらかというと黄《ホアン》さん、あ、私の友人の名前ね。黄さんのおウチのモシナは、『座敷わらし』みたいなタイプだね。その家の幸福と繁栄を、約束してくれるような。で、その黄さんのお嬢さんっていうのが、大の日本好きらしくって、私の監視下ならいいだろうって来日することになったのよ。モシナと一緒に」

「え？　飛行機に乗ってくるんですか？　その妖怪のモシナも？」

僕でさえ乗ったことのない飛行機に？

「もちろん、人間に化けてだよ。黄さんのところのモシナの一族はね、鬼月《グイユエ》の月にだけ、人間の姿になって人間界で一緒に暮らすことができるんだよ」

台湾では旧暦の七月を「鬼月」と呼び、月のはじめには「鬼門《グイメン》」という現世と冥界を繋ぐ門が開き、ご先祖様だけでなく、無縁仏や悪霊などのあらゆる霊魂が人間界をうろつき回ると伝えられている。鬼月にはひと月を通じて、供養のための様々な行事が国中で開催されるのだという。

「黄さんのおウチではね、ひと月まるまるかけて、先祖代々交流を続けているモシナの一族をおもてなしするの。そこで今年は、黄さんのお嬢さんが、一番仲のいいモシナ族の子を連れて、一緒に日本観光をしようってなったの。私も楽しみなんだよねぇ」

モシナに会うのは初めてなのだと、声を弾ませる大家さんとは反対に、僕は押し寄せる不安の波を感じていた。

「でも、いくら人間の姿に化けているからって、国際線に乗るには色々審査とか必要ですよね？　大丈夫なんですか？　荷物に入ってくるとかじゃないですよね？」

僕の質問に、えびす顔の大家さんが口の端を上げ、ニヤリと悪の顔を見せた。

「猿渡君、それはね、業界における秘密があるんだよ」

ここだけの話だよと、大家さんは不思議生物愛好家業界におけるトップシークレットを、こっそり明かしてくれた。

僕らが暮らす人間界には、一般人に姿を変えて同じように生活をしている妖怪・妖魔が多数存在するという。それは侵略や侵攻などを目的とした由々《ゆゆ》しき事態ではなく、大家さん曰《いわ》く、「私たちが、海外に留学や就職したり移住したりするようなノリ」で、彼らは人間界の暮らしを満喫しており、そしてそんな彼らのために存在するのが、妖魔専門の斡旋《あっせん》業者であるという。

「ウチのエイドリアンや、猿渡君のまるを君みたいな獣型の妖魔には必要ないけれど、嶺君や岳君とかには戸籍とか大切でしょ？」

確かに大家さんの飼うフルーツバット、その実体は悪魔・サルガタナスのエイドリアンや、普段はフレンチブルドッグとして暮らす僕のまるをには、関係のない話だけれど、満月の夜以外は、飲食店を経営し人間として生活している嶺君と岳君には、保険証や免許証、元をたどればどうしても人間としての戸籍が必要になるだろう。

「でもそれって、バレたら罪になるんじゃ？　公文書偽造みたいな」

「ああ、それは大丈夫。本物だと信じ込ませるための、妖力をかける仕組みだから」

そこまで言うと大家さんは、

「まぁ詳しい話はね、いずれおいおいと教えてあげるよ。おいおいとね」

と、早々に話をまとめてしまった。

思い起こせば、ＹＵＤＡさんの愛犬・ボルゾイのミーシャの正体は、女性の心を自由に操る悪魔・サタナキアだ。

妖魔専門だというその斡旋業者にも、人間の心を意のままに動かす、そんな凄い妖力をもった人物、いや悪魔？　それとも妖怪？　が存在するのかもしれない。いずれにせよ、カシェット緑ヶ丘で暮らしはじめてまだ半年も満たない僕には、おいそれとは明かせない秘密なのだろう。

「取り敢えず、当日はよろしく頼むよ、猿渡君」

えびす顔に戻った大家さんに、真相を追求することもできないまま、台湾からの客人を迎える日がやってきた。


「好青年が迎えに行くよって、先方には伝えてあるから」

わざわざ「好」をつけなくてもと苦笑しつつ、大家さんと彼に預けたまるをに見送られて、大家さんのワンボックスカーで空港へと向かった。事前に送ってもらった画像の中の黄家のお嬢さんは、肩先までの黒髪を外はねさせた快活そうな女の子だった。同行するモシナは、いったいどんな姿になってやってくるのだろう。そして、妖力がかけられた偽造パスポートは、きちんと効果を発揮しているのだろうか。

期待と不安が入り乱れる中、到着ゲートの通路に、誰もが目を引くような二人の少女が、カートを押しながら姿を見せた。

前方を歩く少女の視線が、僕が手に持つボードに止まると、大きくこちらに向かって手を振ってくる。

「コンニチハー！」

台湾からやってきたのは、服装も顔も、そして燃えるように真っ赤な髪の色も、すべてが瓜《うり》二つの、双子にしか見えない女の子たちだった。

2

「きゃーっ！　あれシンデレラ城？　ミッキーいる？　ミッキーに会える⁉」

「あっちに見えるのお台場？　あの丸いのテレビ局だよね？　芸能人いる？　アイドルに会える⁉」

「すごーい！　海の上を走ってる！　ねぇねぇ、原宿はどっち？　寄っていきたーい！　お願ーい！　タイガーさーん！」

台湾からやってきた女の子と、未知の妖怪・モシナとの三人きりの車内で、どんな会話を交わせばいいのだろうと悩んでいたのはまったくの杞憂《きゆう》に終わった。

「いや、タイガーじゃなくて、大河だから」

「えー、タイガーの方がかっこいいのにー」

カシェット緑ヶ丘へ向かう道中、日本語の勉強中だという詠晴《ヨウチン》ちゃんは、「日常会話程度ならOK」と聞いていたのに、想像以上に流暢《りゅうちょう》な日本語で、車窓から見える景色に感嘆の声を上げ、機関銃のように喋りっぱなしだった。

「私のことはヨウヨウって呼んでね。語彤《ユートン》はトントン。その方が呼びやすいでしょ？　それと夜になったら、絶対にフルネームで呼ばないでね。好兄弟《ハオヒャンディー》に捕まっちゃうから」

「ハオ、ヒャンディー？」

初めて耳にする言葉の意味を、ルームミラー越しに尋ねる。

「えーとね、日本語で言うとなんだっけな。あ、あれだ！　ムエンボトケ！」

「無縁仏？」

「台湾ではね、親しみを込めて『好《よ》い兄弟』って呼ぶの。供養のためにね」

「へぇ。そんな習慣があるんだ」

無縁仏に捕まっちゃうのは怖いけれど、異国の文化は非常に興味深い。もっと聞きたかったのに、

「で、タイガーさん、原宿は？　寄っちゃやダメ？」

ヨウヨウちゃんの関心は、若者の街に一直線だった。

「ね、トントンも行きたいよね？　原宿」

「ハラジュク！」

後部座席で、ずっとニコニコしていたトントンちゃんが声を発した。肩ではねた赤い髪、白地に赤い水玉のオーバーサイズのTシャツにダメージジーンズのショートパンツ。「双

子コーデ」というやつだろうか。頭からつま先まで二人はそっくりの格好をしていたが、

「私たちの見分け方はね、おしゃべりな方が私。トントンはね、人間の言葉があまり得意じゃないの」

出会った直後に、ヨウヨウちゃんがわかりやすい、二人の判別方法を教えてくれた。そして、服装だけでなく、顔や背格好までもがそっくりな理由も。

「鬼月の間、モシナが人間の姿に変わるときには、なりたいモデルを決めるんだよね。で、トントンは、私を選んでくれたの」

注意してみると、トントンちゃんの方が若干瞳が大きく黒々としていて、まばたきが少ない気がする。時折、運転席の僕に送られる視線をミラーの中に見つけると、その瞳の持つ力強さに「人外」を感じたりもする。

「ほらぁ、トントンも言ってる。タイガーさん、原宿！　原宿！」

「ハラジュクー！」

「あ、いや、取り敢えず一旦《いったん》マンションに向かうようにって、大家さんから言われているからね。それに原宿周辺は車で行くのは大変なんだよ。道は混んでいるし、駐車場は高いし」

「えー、じゃあ、いつ連れて行ってくれますか？」

「えっ⁉　僕が連れて行くの？」
知ったような口をきいてしまったが、東京屈指の人気スポット・原宿の地に、実際僕が足を踏み入れたのは、片手にも余る回数でしかない。引率なんて、僕がしてほしいくらいだ。
　ハンドルを握る僕が、明らかにうろたえて見えたのだろう。
「あはははは、大丈夫ですよー！　私たちだけでも、これさえあれば怖くないから！」
　そう、二人を見分けるのにはもうひとつポイントがあった。ヨウヨウちゃんは、首から
ストラップで、真っ赤なスマホをぶら下げている。
「なんでも調べられちゃうし、音楽も聴けちゃうし、写真も動画も撮れちゃう。ホント、
超優秀だよね」
　ヨウヨウちゃんは、大学入学にあたってようやくスマホの所持を認められたのだという。
「亡くなったおじいちゃんがね、すごく厳しい人だったの。スマホもダメ、ゲームもダメ、
テレビもほとんど見れなかったなぁ。もちろん、優しいところもたくさんあったんだけれ
どね。でもおじいちゃんが生きていたら、鬼月に日本に来ることなんて絶対無理だった
よ」
「それはどうして？」

「鬼月にはね、色々しちゃいけない決まりがあるの。夜にフルネームで誰かを呼んだり肩を叩くのもダメだし、海やプールで水遊びもダメ。好兄弟に目をつけられて、あの世に連れて行かれちゃうから」

「あ、それ日本にも同じようなのがあるよ。お盆の海で泳いじゃダメって」

子どもの頃、親戚のおじさんに「死者に足を引っ張られるぞ」なんてよく脅《おど》されたけれど、お盆以降の日本近海はクラゲが発生したり高波の恐れがあるからというのが実際の理由だと、あとから知ったっけ。

「引っ越しとか旅行も、この時期にはやっちゃいけないって、昔から言われているの。あの世への門が開いているから、いつもと違う行動をするとあっちの世界に迷い込んじゃう恐れがあるって」

「じゃあ大丈夫だったの？　日本にホームステイに来ても」

「今でもしっかり、全部守っている人たちもいるけどね。そういうことに厳しかったおじいちゃんが亡くなって、これからは『やれる範囲で。無理はしない』って考え方でいこうって、パパもママも言ってくれているの」

時代はグローバルだ。世界へどんどん出て行って、見聞を広めるべきだと、ご両親が訪日への背中を押してくれたのだという。

「たとえ日本に来ていても、ご先祖様や好兄弟を祀《まつ》る気持ちがなくなるわけじゃないもんね。あー、もう全部が楽しみすぎる！　ね、トントン！」

「楽しみ！」

バックシートから絶え間なく聞こえてくる、はしゃぎ声と笑い声をBGMに、カシェット緑ヶ丘へ向かって僕は車を走らせた。


「あー！　何あれあれ。すごーい！」

カシェット緑ヶ丘の敷地に車を乗り入れると、窓の外を見ていたヨウヨウちゃんが歓喜の声を上げた。

「すごーい！」

同じく身を乗り出して外を眺めたトントンちゃんは、まるで小さな子どものように、ヨウヨウちゃんの言葉を真似る。

駐車場に大家さんのワンボックスを停め、スーツケースを降ろすのを手伝うと、いったい二人が何に感動していたのかを視線で追った。

「おおっ！」

僕も思わず声が出た。

マンションの入口の目立つ場所に、大きな垂れ幕が下げられている。

「ようこそ日本へ　歓迎！　詠晴&語彤」

白地の布に黒々と、毛筆で大きく書かれている。出迎え用にと作ってくれたお手製ボード同様、大家さんの手によるものだろうか。威勢のある達筆だ。でもそれより目を引いたのは、垂れ幕の下部分に点々とついた、足跡らしきもの……。

恐らくあれは、まるをの仕業《しわざ》だ。

「いらっしゃーい！」

ふくよかな身体を弾ませるようにして、大家さんが玄関から現れた。足元には、預かってもらっていたまるをがいる。

「まるを！」

名前を呼んで手を振るが、喜び勇んで飼い主の僕の元へと、駆けつけては来ない。これはいつものまるをの通常運転。大して気にならない。故に、僕の方から歩み寄る。

「まるを、大家さんがせっかく作った垂れ幕を汚しちゃダメじゃないか」

ひとこと注意をすると、むっすりと口を結び、不機嫌丸出しの表情で、僕にじっとりとした視線を送って来る。留守番させたことを、怒っているのだろうか。

「二人とも、よく来たね。猿渡君もご苦労様」

「はじめまして！　よろしくお願いします！」

「します！」

三人が、簡単な挨拶を済ますと、

「暑かったでしょう？　さ、入って入って」

大家さんの先導で、早速二人のしばらくの住まいとなる一〇五号室へと向かう。

「すごーい！　こんなに広い部屋、私たちだけで使っていいんですか？」

「すごーい！」

一〇五号室の間取りは2ＬＤＫ。必要最低限の家具しか用意していなかったが、広さはホテルのスイートルーム並みはあるだろう。

部屋から部屋へと、二人は手を繋ぎ、踊るような足取りで回っていく。

「長旅で疲れたでしょう？　少し休んだら、マンションの中も案内してあげるからね。夕飯はお寿司でも取ろうか」

「やったー！　お寿司ー！」

「おスシー！」

「猿渡君にもごちそうさせてね。出迎えに行ってくれたお礼に」

「え、いいんですか？」

「もちろんだよ。ペントハウスで、二人の歓迎会的にみんなで。ね」

出前の寿司だなんて、久しぶりだ。ホクホク気分が上がってくるのがわかる。にやつい
ていたら、

「ばふぅ」

物凄い鼻息で、まるをが存在をアピールしてきた。目が完全に据《す》わっている。

これは、ちょっと値の張る肉々しいペットフードを献上しないと、機嫌が直らなそうだ。

「わかってるって。おまえにも、とっておきバージョンのごはんをやるから、そう怒るな
よ」

大奮発だけれど仕方がない。だって、僕は今夜お寿司だし。それも人様からおごりの。

3

夕食時、届けられた寿司桶を囲んで、大家さんと僕と、そしてかんなちゃんによるヨウ
ヨウちゃんとトントンちゃんのささやかな歓迎会が、ペントハウスにて開催された。
「いやー、悪いね大家さん。あたし何も手伝っていないのに、誘ってもらっちゃって」
「だってほら、かんなちゃんなら、年も近いし趣味も合いそうだから、二人も喜ぶと思っ

て。色々教えてあげてね」

「かんなさん、かんなさん！　かんなさんはプロのダンサーなんですよね？　すごーい！」

「すごーい！」

赤髪の二人がそろって手を叩く。まるで分身の術を見ているようだ。

「スタジオで教えているだけだよ。ステージで食べているわけじゃない」

「食べる？　ステージを？」

「あー、そういう意味じゃなくて」

蛍光ピンクの髪のかんなちゃんが、赤髪のヨウヨウちゃんに日本語をレクチャーしている。三人のビビッドな髪色を見ていると、本来の人類の髪の色は何色だったっけかと首をひねりたくなる。

「へー、二人ともダンス好きなんだ。じゃあさ、あたしのダンサー仲間紹介してあげるよ。ストリートでレッスンしている奴らとかたくさんいるから」

「わー、本当ですか？　やったー！」

「やったー！」

大家さんの思惑どおり、かんなちゃんとヨウヨウちゃんたちはダンスの話で盛り上がっているようだった。会話の中に、ダンス用語らしき横文字が飛び交っている。ふと耳に届いた、シャクシャクという音に振り向くと、

「うわぁ、おまえ顔べちゃべちゃだな。そのままソファに乗るんじゃないぞ」

ヨウヨウちゃんたちの髪の色のように真っ赤に熟れたスイカに、まるをが賑やかな音を立ててかぶりついていた。

「すみません。僕だけじゃなくて、まるをにまでごちそうしていただいて」

寿司だけではなく、大家さんはとびきり大きなスイカまで差し入れてくれた。まるをと、大家さんのフルーツバットのエイドリアン、そしてかんなちゃんのキジムナー三匹が、果汁滴る赤い果肉に夢中になっている。

「まるを君、すごくいい子に留守番していたし、ほら、あの歓迎の垂れ幕作るのも手伝ってくれたからね」

「え？　あの足跡って、まるをが悪戯してつけちゃったんじゃないんですか？」

「違う違う。アクセントとして入れてくれって、私が頼んだんだよ。上手にできたでしょ？」

フンッ、フンッという鼻息の音に顔を向けると、ドヤ顔のまるをと視線が合った。

「ごめん、まるを。あれは悪戯じゃなかったんだな」

手伝ったことを、そして何より留守番がちゃんとできたことを褒めずに、真っ先に叱ってしまった自分を反省する。

心を込めて詫びたけれど、まるをのパッションは既に目の前のスイカに向けられていた。

「まるを君は、ずっといい子だったよ。それと知らなかったけれど、びっくりするほど器用なんだねぇ」

「器用？　まるをがですか？」

太く短い手足のまるをの行動で、大家さんは何を「器用」と称しているのだろう。

「ほら、猿渡君が『つまらなそうにしていたら、テレビで時代劇を見せてあげて』って言ってたじゃない。丁度いい番組がやっていなかったから、教えてもらった動画サイトを見せてあげようとパソコン立ち上げて、ちょっと目を離したらさ」

「な、何をしちゃったんですか？」

以前訪れた、大家さんの部屋のパソコンを思い出して震える。自作だという本体に繋がれた、何台もの大型モニター。まるをはあれをどうしてしまったのか。

「鼻と足先で、あっという間に自分でサイト開いて、好きな動画を選んでいたのよ」

「鼻でですか!?　あの？」

平たく潰れたあの鼻で、どうやってパソコンのキーを操作したのだろう。いや待てよ、

思い返してみれば、

「確かにウチでも、勝手にテレビのリモコンを操作したり、ケージの鍵を開けて出ちゃったりしていました」

「ほらぁ、やっぱり器用だ。教えてあげればもっと高度な操作ができちゃうんじゃないの？　アプリとか発明しちゃったりして。うわぁ、楽しみだねぇ」

どんな未来を想像しているのか、目を輝かせて語る大家さん。彼の何でも楽しんでしまおうという精神は素晴らしい、とは思う。

次々と明らかになるまるをの能力を、僕もそんな風に考えてしまえばいいのだろうけれど、僕にとってのまるをは、十年もの間、ただのフレンチブルドッグだったのだ。果汁だらけの口元を、大きな舌でべろんべろん舐《な》めているまるを。そんな彼の何気ない仕草を見ていると、ここ数か月の怒濤《どとう》の展開は「すべて自分の妄想なのでは」と、ふと思ってしまうのも事実だ。

僕の思いなど意に介さず、まるをはフンッフンッと、今度は籠の中のエイドリアンに鼻息を向けている。「キーキー」と答えるように鳴くエイドリアン。続けてキジムナーたちまでもが、「キキィ、キキィ」と鳥のような鳴き声を発しながら頷き合っている。

「なんか、みんなで会話をしているみたいですね」

フレブルにフルーツバットにキジムナー。異業種交流会ならぬ、異種交流会だ。

「しているだろうねぇ。少なくとも、まるを君とウチの子は同じ魔族だから、確実に意思の疎通《そつう》はできていると思うよ」

「そういうもんなんですか？」

「うん。彼らは私たちみたいに、世界中にいくつも異なる言語を持っているわけではなくて、もっとテレパシー的なもので通じているみたいよ。妖怪も魔族もＵＭＡもね」

「それ、むしろ人間より進化しているじゃないですか」

「どうなのかねぇ、一説によれば七千近くある人類の言語の豊かさだって、それはそれでユニークだとは思うけどねぇ」

噂話でもするように、フンフン、キーキーと鼻息と鳴き声を奏でながら、カシェット緑ヶ丘先住の魔獣たちが視線を送るのは、美味しそうにお寿司を頬張るトントンちゃんの姿だった。見た目を人間に変えてはいても、モシナの彼女から発する妖気のようなものを、同族の彼らは感じ取っているのかもしれない。

「ねぇねぇ大家さん、トントンのモシナ一族とウチの子たちって、親戚みたいなもんなの？」

いつの間にかダンスの話題は終わったのか、唐突に新たな話題がかんなちゃんから大家さんへと振られた。「ウチの子」に反応したのか、壱、弐、参と名付けられた三匹のキジムナーたちが、「キーキキー」と嬉しそうに鳴きながら、かんなちゃんの膝の上めがけて跳ねていく。茶色い毛玉のモフモフ三つに懐《なつ》かれて、かんなちゃんの頬がゆるむ。じゃあ僕もと、膝を叩いて「おいで」とアピールしてみたけれど、大あくびを返したまるをが、来てくれる気配はない。膝が寂しい。

「そうだねぇ。モシナも民俗学者さんの中には『森や木の妖精』だという説を唱えている人もいるからねぇ。『ガジュマルの木の妖精』のキジムナーとは、遠い親戚かもしれないねぇ」

「えー、だったらウチの子たちも、人間に化けられたりする？」

「うーん、それはどうかなぁ。モシナの中でもトントンちゃんの一族は、鬼月の間だけ人《ひと》型《がた》に姿を変えて人間界で活動ができるんだけど、それ以外は異界で生活しているんだよね。でも、化ける能力はないけれど、モシナの姿のまま、ひっそりと人間界の山の中で常時暮らしている一族もいる。同じモシナでも、千差万別なんだよね。その子たちだって、見た目はそっくりだけれど能力はまったく違うし、キジムナーにしては特別じゃない？」

大家さんが言っているのは、壱、弐、参の特殊な力のことだろう。かんなちゃんのキジムナーの壱は、姿を消してどんな場所にでも小さな穴や隙間から入り込むことができる。

そして弐は、壱が見た景色をそのまま目の中に映し出すことが、参は壱が聞いた音声をそっくり再生することができる。それはスパイならば、どれも喉から手が出るほど欲しいであろう、よくある「妖怪大百科」には記載されていない、彼らならではの妖力だ。

「私たち人間だって、同じ人類ってくくりでも、誰ひとり同じ人はいないでしょ？　持っている個性はそれぞれだし、変化もしていく。だから、壱君たちもいつか人間に化ける能力を手に入れるかもしれないし、可能性はまったくゼロとは言えないよね。浪漫《ろまん》だね」

「なるほどね。浪漫かどうかはさておき、その可能性ってヤツは楽しみではあるね」

ワシワシとかんなちゃんに全身を撫でられて、キジムナーたちはうっとりと気持ちよさそうにしている。

個性は浪漫と語る大家さん。彼の発言には、世にも不思議な生物だけでなく、人間も含めた全生物への愛とリスペクトが感じられる。大きな人だ。体型のことではない。心の話だ。

「でもね、トントンはまだ子どものモシナだから、化けるのがそんなに上手くないの。言葉もそうだし、髪の色もね、どうしても赤くなっちゃう。だから私も赤く染めたの。トントンだけが目立っちゃって何かあったら困るし、なんてったたって夏休みだしね」

一年の間に、ひと月しか訪れることのできない人間界。さらにここは、海を越えた異国の地。一家の守り神だというトントンちゃんを、逆に守ろうとするヨウヨウちゃんは実に頼もしい。

「世の中の人が、みんなかんなちゃんみたいな髪の色じゃないからね」

深く考えずに口にしたら、

「悪かったわね、派手髪で。ていうか余計なお世話だよ。地味髪地味顔の、ジミーズのくせに」

かんなちゃんのご機嫌を損ねてしまった。ジミーズですみません。

「でもね、二人のその髪色は私としては安心しているんだよ。だってほら、人ごみとかでも絶対見失わないじゃない？」

「ねぇ、マジで二人の観光案内、大家さんがするつもりなの？」

原宿・渋谷・秋葉原。若い二人が行きたがっている、東京の街のあちこちを大家さんが明日から同行するのだという。

「だってかんなちゃんも猿渡君も忙しいでしょ？　私が責任もって一緒に回ってあげないとね」

「これがあれば、二人でも大丈夫って言ったんですけれど」

ヨウヨウちゃんが、スマホを手に苦笑いすると、

「ダメダメ！　あなたたちは、黄さんから預かった大切なお嬢さんなんだから！」

すっかり保護者モードになってしまった大家さんの、勢いは止まらない。

「シフトが入っていないときにはさ、あたしが色々連れて行ってあげるよ」

こっそりと、かんなちゃんがヨウヨウちゃんに耳打ちをして、二人はスマホで連絡先を交換し合っている。その様子をニコニコと眺めていたトントンちゃんに、声を掛ける。

「トントンちゃん、楽しみかい？」

「楽しみ！」

目をキラキラさせて答える彼女からも、日本で過ごす夏休みを心待ちにしていたことが伝わってきた。

「そうかそうか。ご期待に応えられるよう、気合入れて案内させてもらうからね！」

胸を張る五十代の大家さん、そして彼に二人を任せた二十代の僕とかんなちゃん。このときの僕らは、十代の頃に自分たちが持っていた有り余るエネルギーを、すっかり忘れてしまっていたのかもしれない。

4

「いやはや、何ともお恥ずかしい」

台湾からホームステイでやってきた、二人のティーンエイジャーのおもてなし役を買って出た大家さんから、ＳＯＳの声が上がったのは、それからわずか三日後のことだった。

「完璧に見誤っていたよ。自分の体力も、彼女たちの底知れない好奇心と行動力も」

「お疲れ様です。ここ、伸ばすと違和感ありますか？」

カシェット緑ヶ丘の一〇二号室。仕事から帰ってきた僕は、痛めてしまったという大家さんの左肩を、彼の部屋で診《み》てあげていた。

「いたたたた。伸ばすとやっぱり、キリキリと痛むねぇ」

「じゃあ少しずつほぐしていくんで、痛かったら遠慮なく言ってくださいね」

二の腕から、施術をはじめようとしたところ、

「カッカッカッ」「カッカッカッ」「カッカッカッ」

なんとも個性的な笑い声が、大家さんの部屋に響き渡った。

「うわっ。ホントに自分で操作している」

大家さんのパソコンのモニター三台に大きく映し出された、水戸の御老公様《ごろうこう》。キーボードの前に陣取り、それを交互に眺めて満足げにしているまるを。

「ね？　言ったとおりでしょう？」

「はい。でも大丈夫ですか？　まるをにパソコン触らせて。大事なデータとか、消しちゃったりしたら」

施術の間、好きに使っていいよと大家さんがまるをに言ってはくれたものの、不安は残る。

「平気平気。バックアップもちゃんとしているから。それより、まるを君の時代劇好きは、猿渡君の影響なの？」

「いえ全然」

あの黄色い帽子をかぶった髭《ひげ》のお爺さんが何者なのか。実はよく知らないし興味もない。

「まるをが、時代劇のどこにそんなに惹かれているのかもさっぱり」

「なるほどなるほど」

ベッドにうつ伏せになったまま、大家さんが何やら納得している。

「善を勧め、悪を懲《こ》らす。時代劇が描く、勧善懲悪《かんぜんちょうあく》の部分が、掟を破る者を断じて許さない、冥界の番犬たるまるを君にも、感じ入るところがあるのかもしれないねぇ……って、そこ！　そこ効くねぇ、猿渡君」

「背中も腰も、だいぶ固まっちゃってていますね」

全身バキバキで、正に満身創痍《まんしんそうい》といった大家さん。猛暑日が続く中、ヨウヨウちゃんたちに付き合って、若者で賑わう街に繰り出し、荷物持ちまでしてあげたというのだから、たとえ三日で音を上げたとしても、大健闘ではないだろうか。

「ちょっと広範囲に、マッサージしていきますね」

手のひらの付け根の部分を使って、大家さんの広い背中をケアしていく。

「疲れているところ、悪いねぇ」

「いや、疲れているのは明らかに大家さんの方じゃないですか。来週末には、患者さんの引き継ぎも終わる予定なんで、そうしたら僕も手伝えますから」

約二年半僕が勤務した、大学のOBが経営する整骨院は、近隣に続々オープンしたマッサージチェーン店の集客力に抗《あらが》えず、業務縮小の道を歩むこととなった。その筆頭が、一番の新人の僕である。幸い、整骨院を辞める決断をした直後に、大家さんからカシェット緑ヶ丘の管理人業務の斡旋があったため、無職の期間がゼロで済んだ。

お盆休みに入る前に、すべての引き継ぎを終え、整骨院を円満退職する。そうすれば、大家さんの代わりに、ヨウヨウちゃんとトントンちゃんの二人を、僕もあちこち連れて行ってあげられるだろう。

「ありがとう。助かるよ」

いつもテンション高めの大家さんが、今夜は声まで弱々しい。大きなため息と共に、言葉に無念がにじんでいる。

「取り敢えず、しばらくの間は二人にはマンションの近辺で、過ごしてもらうしかないかねぇ」

「でもせっかく日本に来ているんだし、ヨウヨウちゃんはあれだけ日本語も達者だから、そう心配しなくても大丈夫だと思うんですけど」

大家さんはすっかり親御さん目線だけれど、日本と違って秋から新学期がはじまる台湾で、来月から大学生になるというヨウヨウちゃんを、そこまで子ども扱いするのもどうかと思う。己《おのれ》の力で調べ、行動する。それはとても大切なことだ。なんて、僕もちゃっかり兄目線になってしまっているが。

「確かにそうなんだけれどねぇ。でもほら、トントンちゃんも一緒じゃない。万が一、あの子の正体が世間様にバレて、騒ぎに巻き込まれでもしたら……」

そんなことは想像したくないのか、少し言い淀《よど》んでから、大家さんは続けた。

「このマンションのみんなにまで、危険が及んだりしたらと心配してしまうのは、私の考え過ぎかなぁ」

大家さんの思いに、僕は自分の考えの浅はかさを恥じた。僕の方こそ、配慮が足りなかった。不思議生物をこよなく愛する大家さんは、あの二人だけではなく、カシェット緑ヶ丘に住むみんなのことを考えて、滞在中の彼女たちを見守ろうとされていたのだ。

「いえ、とても大切なことだと思います」

カシェット緑ヶ丘の管理人。顧客に最適なサービスで対応するコンシェルジュ。それが、今の僕が目指す道。ならば、

「ヨウヨウちゃんに、『ホウレンソウ』を徹底してもらいましょう」

新たな解決方法を、僕も提案させてもらおうではないか。

「言いたいことはわかるけどさ。大河、あんた発想がオヤジっぽいよね。『報連相《ホウレンソウ》』なんて言ったって、この子たちに伝わるわけないじゃん」

訪ねた一〇五号室には先客がいた。

「大丈夫です、かんなさん。覚えました！　『ホウレンソウ』は野菜じゃない！」

家具を置いていない広いリビングを利用して、かんなちゃんが二人にダンスを教えてあげていたようだった。

僕、というよりも、まるをの来訪を喜んでいるのか、かんなちゃんのTシャツの中から飛び出してきたキジムナーの壱、弐、参、通称ナンバーズが、歓喜の舞を踊るようにまるをの周りを跳躍《ちょうやく》している。

我が愛犬が、他のペットからも好かれているのは、嬉しい光景だ。

「いや、『ほうれん草は野菜』で、合ってはいるんだけれどね」

ヨウヨウちゃんに、明日からは大家さんが付き添えないこと、どこに何をしに行くかの、報告・連絡・相談を、小まめにしてほしいことを噛み砕いて説明する。

「え!?　大家さん、私たちのせいでケガしちゃったんですか？」

「いや、ケガってほどじゃないんだけれど」

僕の言葉にうろたえてしまった彼女に、慌てて説明を加える。

「いきなり歩き回ったから、あちこち痛めちゃったんでしょ？　日頃の運動不足がたたったね」

もっともな原因を、かんなちゃんがズバリと言い当てた。恐らく大家さんは、部屋でくしゃみをしていることだろう。

「明日はあたしが休みだから、友だちのスタジオで一緒にダンスのセッションをする予定だよね」

「そうなんだ。かんなちゃんが一緒なら、大家さんも安心だね」

「はい！　すごく楽しみ！」

「楽しみ！」

赤と白のストライプのTシャツ。今日もお揃いの服を着たトントンちゃんが、ヨウヨウちゃんを真似る。

「この子たちさ、すごくセンスあるんだよね。見た目や言葉遣いだけじゃなくて、ダンスのシンクロも抜群でさ」

絶賛するかんなちゃんの言葉に、俄然興味が湧く。

「へぇ、是非見てみたいな」

二人は僕の言葉に顔を見合わせ、最初は照れていたけれど、

「じゃあ踊らせていただきます！」

「ますっ！」

光栄にも僕は、一〇五号室のリビングをステージにした、二人のダンスを間近で見る機会をもらえたのだ。

「いやぁ、圧巻だったなぁ。あの空間が、ライブハウスになっちゃったかと思ったよ。観

客の声援とか、聞こえてきそうな気がしなかったか？　まるを」

ヨウヨウちゃんとトントンちゃんの見事なダンスパフォーマンスを堪能し、自室に戻ってきた僕は、興奮状態が続いていた。

アイドルには明るくない僕でも知っている、人気女性アイドルグループのヒット曲を、二人は完コピのダンスと口パクと、プロ顔負けの表現力で、パーフェクトに再現しきった。

「おまえもファンになっちゃったか。わかるわかる」

時計はもう十二時近い。いつもなら大いびきをかいて寝ているまるをが、二人のショーの余韻が残っているのか、部屋の中をグルグルとステップを踏むように跳ね回っている。

「リップシンク」というパフォーマンスなのだと、かんなちゃんは教えてくれた。

「ま、直訳しちゃうと『口パク』なんだけど、海外では立派なショーのひとつだよ。ドラアグクイーンのステージでは昔から人気のパフォーマンスだし、ハリウッドスターや有名ミュージシャンがリップシンクでバトルする人気番組もあったしね」

最近では数多ある動画サイトに、素人《しろうと》さんもこぞってその手の動画を投稿し、視聴者数を伸ばしているのだという。

ヨウヨウちゃんとトントンちゃんのパフォーマンスの特筆すべきポイントは、かんなちゃんがベタ褒めしたとおり、二人の驚異的なシンクロ度だった。振り付けの一挙手一投足《いっきょしゅいっとうそく》が、判で押したように一致している。さぞかし練習を重ねたのだろうと聞くと、驚くべきことに、ヨウヨウちゃんが教えた振り付けを、トントンちゃんはわずか数回で完璧にコピーしてしまうそうだ。

神がかりにも思えたダンスの才能は、正にモシナの「妖力」という超次元の力によるものだったのか。そういえば大家さんによると、「モシナ」は漢字で書くと「魔の神の仔」だったはず。

「なぁ、まるを。あの二人のダンスを、もっとみんなにも見せてあげたいと思わないか？」

同意を示すように、珍しくまるをが僕の問い掛けに「ばう」と即答してくれた。

「ペントハウスにみんなを集めてさ。二人のワンマンショーを開くんだ。大家さんはもちろん、嶺君や岳くん、もちろん樹里ちゃんにも声を掛けなきゃね。あれ、でも待てよ？　二人組だとワンマンって言わないのか？　ま、いいか。そうだ、かんなちゃんにも踊ってもらいたいよな。あ、でも二人の前座でとか頼んだら、怒るよなきっと。じゃあかんなちゃんにはまた別の機会に頼むとして、やっぱり今回は二人のソロライブで……。あれ？　二人組だからソロはおかしいのか？　って、まず名前とかあるのかな？　二人のユニット名みたいなやつ。なぁ、どう思う？　まるを」

ひと声の即答が嬉しくて、あれやこれやと話し掛けてみたけれど、気がつけばまるをは、スイッチが切れたように、お気に入りのクッションの上でお腹を出してがっつり熟睡モードに入っていた。

「おやすみ、まるを」

まるをの力の抜けきった寝姿に、高揚感で脳内にドバドバ出ていたドーパミンが落ち着いていく気がした。

もう夜も更けた。カシェット緑ヶ丘のみんなに、ヨウヨウちゃんとトントンちゃんのステージを堪能してもらう場をイメージしつつ、僕も眠りにつくことにしよう。

5

カシェット緑ヶ丘の皆様に、台湾からやってきたヨウヨウちゃんたちのダンスパフォーマンスをお届けしたい。

僕の願いは、少々違った形で、すぐさま実現されることになった。

「大河」

その夜、僕はほろ酔い気分でマンションに帰宅した。整骨院の最後の出勤を終え、大いにお世話になった大学ＯＢでもある院長に、目の前で揚げてくれる天ぷら屋さんでご馳走になった僕は、ひと仕事を終えた充実感、美味しいものをたらふく食べた幸福感で満たされていた。

「あれ？　かんなちゃんも今帰り？」

ロビーで声を掛けてきたのはかんなちゃんだった。蛍光ピンクの髪の色が、浮かれた僕には季節外れの桜に見えた。歩く夜桜だ。

「あんた、コレ知ってる？」

ゴキゲンな僕とは反対に、今夜のかんなちゃんは、出会った直後のように不機嫌モード全開だ。髪色と同じ蛍光ピンクのカバーがチカチカするスマホを差し出し、立ち上げられている画面を見せてくる。

「何これ？　なんの動画？」

ほとんどのぞいたことはないけれど、特徴的なアプリのアイコンで、それが若い子の間で人気だと聞く数十秒程度の短い動画を作成、投稿できるプラットフォーム「TikTok《ティックトック》」だとわかった。かんなちゃんが眉間にゴルゴ13《サーティーン》のような縦じわを刻ませるほど、何か不愉快な動画がアップされているのだろうか。

「あれ？　これって」

キラキラと加工された動画の中で、ダンスを披露している女の子の二人組。真っ赤な髪にキレッキレのダンスは、見間違うはずがない。ヨウヨウちゃんとトントンちゃんだ。

「ずいぶんたくさん投稿しているんだね。あ、これ、ここで撮ったんじゃない？」

一本の動画は、僕とかんなちゃんが座る共有スペースのソファを使って撮影していた。他にも一〇五号室のリビングや、マンションのエントランス、そのほか遊歩道で撮ったと思われる動画も多数投稿されている。

「アカウント名って言うの？　『Red twins typhoon』ってなっているね」

赤い双子の台風。二人で相談して名付けたのだろうか。確かに、そっくりな二人が一卵性双生児だと名乗っても、誰も疑う人はいないだろう。

「この間、一緒にダンスのセッションやったときに、あの子たち、ダンサー仲間が配信している動画にめちゃくちゃ興味持ったみたいでさ。早速アカウント作って、配信をはじめたみたいなんだよね」

「へぇー。二人のアカウントなんだね。この数字が、再生回数ってやつかな？」

投稿動画の下に表示された数字。流行《はや》りに疎《うと》い僕でも、この再生回数が動画投稿者の人気のバロメーターのひとつなのだとは知っている。

「そう。そのとなりの星マークが、その動画を好評価した人の数」

「えっ、すごいな。八千回近く再生されているし、好評価も同じくらいついているよ」

投稿日はわずか三日前。これは目覚ましい活躍なのではないだろうか。なのにどうして、かんなちゃんはこんな苦虫を噛み潰したような顔をしているのだろう。

「相変わらず、あんたはおめでたいね」

「ど、どうして？　何か問題でも？」

「こうやって、簡単にネットに顔出しすることの危険性。そう言ったらわかる？」

「あ……」

ネットに何かを書き込むということは、それが全世界の人間の目に留まるという事実を考えるべし。

高校生の頃、ネットリテラシーを学ぶ授業でそう教えられた。顔を隠さず自分の動画を流すという行為も、同じであろう。

「でもホラ、ほかの人たちだって、みんな普通に顔出しししているよ」

動画アプリには、ヨウヨウちゃんの同世代の子はもちろん、親御さんがあげているのか、小学生のような子も、まだ片言の幼児の動画だってアップされている。彼らにも、何か危険な状況が訪れる可能性があるとでも言うのだろうか。

「あたしだって、あの子たちが一生懸命、たくさんの人に見てほしくてやっているんだから、あんまり難癖つけたくはないんだけどさ」

難問にぶつかった名探偵のように、かんなちゃんはワシワシと、ピンク色の頭を掻く。

「大切なことを忘れていない？　トントンは、人間じゃないんだよ。たとえ完璧に人間に擬態しているからといって、不特定多数の人に姿をさらしている状況が、あたしは不安なんだよ」

二人だけで繁華街へ出掛けるのを心配していた大家さん同様、かんなちゃんもモシナであるトントンちゃんの存在を気に掛けていたのだ。トントンちゃんの秘密を守ること。すなわちそれは、カシェット緑ヶ丘を守ることに繫がるのだから。

「こういった動画投稿サイトのおかげで、才能とチャンスさえあれば、一夜で注目を浴びてスターになれるような今の時代は、あたしたちダンサーやミュージシャンなんかのパフォーマーにとっては、本来はありがたいんだけれどね」

スマホの中で踊る、赤い髪の二人の少女は、僕らの心配をよそに笑顔を輝かせている。

「いい表情しているよね、二人とも。あーホント全部、あたしの取り越し苦労で終わってくれますようにっと」

両手を合わせ、空に祈るようなポーズをとるかんなちゃん。

鬼月の間は、夜間は外出してはいけないのだと、賢明な二人は日本にいても夜遊びをすることはなかった。恐らくもう、一〇五号室で休んでいるだろう。

ヨウヨウちゃんとトントンちゃんのホームステイの期間は、残りあと一週間。何事もなく、無事に旅立ってくれればいいのだけれど……。すっかり酔いのさめてしまった頭で、僕はそんな風に願っていた。


酔いはさめただなんて思っていたのに、二日酔いの鈍い痛みを頭に感じながら、次の朝を迎えた。

何故か大音量の「水戸黄門のテーマ」で。

「お、おい、まるを。音量！　音量!!」

またまるをがケージから抜け出して、自分でテレビをつけたのかと飛び起きたけれど、画面には何も映っていない。

「あれ？」

人生について、とうとうと語る歌の出どころを探す。奏でていたのは、ローテーブルの上に置いてあった僕のスマホだった。

「まるを、またおまえ勝手に人のスマホいじったな」

前足をテーブルの上に乗せたまま、僕のスマホを前にしたまるをが、「ばれたか」みたいな顔をして舌を出している。大家さんの部屋でパソコンを自由に操作させてもらって味を占めたのか、最近僕が気づかぬうちに、まるをが勝手に着メロやロック画面を変えてしまうので困っている。昨日は画像フォルダに、山ほど撮られた水戸黄門や桃太郎侍のスクリーンショットを見つけたし。全部消したはずなのに、スマホの画面には大口を開けて笑う、水戸の御老公様が映し出されている。まったく油断も隙もない。が、それよりも、かかってきた電話の相手の名前に目が留まった。

「かんなちゃんからだ」

かんなちゃんの働くジムは、お盆休みもなく営業中だと聞いていた。スマホが表示する時刻は午前十時。どこからかけているのだろう。通話ボタンをタップし、「もしもし」の「も」の字を発する間も与えられず、かんなちゃんの声が耳をつんざいた。

『大河！　あの二人を止《と》めて！』

かんなちゃんの電話を受け、僕はすぐに廊下の奥の一〇五号室へと走った。

「ダメだ。もう二人とも出掛けている」

インターホンを押しても反応はない。僕についてきたまるをが、閉ざされたドアをカリカリと前足で掻く。

メールをチェックすると、「どこに何をしに行くのか一日のスケジュールを伝えておいてほしい」のお願いどおり、ヨウヨウちゃんから今日の行動予定が、僕と大家さん宛《あ》てに送られていた。

『まわるでんしゃにのって、アキハバラにいってきます。くらくなるまえにかえります』

電脳シティ、そしてサブカルチャーの聖地・秋葉原。ヨウヨウちゃんは日本のアニメも好きだと言っていたし、アイドルに間近で会える劇場も、あの町にはいくつもあると聞いている。一日中遊んでも、足りないくらいだろう。

果たして単身で乗り込んでいって、二人を見つけることが可能なのか。

アプリを立ち上げ、「TikTok」の「Red twins typhoon」のアカウントを開く。二人の動画は再生回数だけでなく、アカウントの登録者数も、お気に入りの星の数も、昨夜から一気に十倍以上増え、カウントはさらに伸びていく。

『有名なダンサーがさ、二人の動画を見つけて、自分のYouTube《ユーチューブ》のチャンネルで紹介したみたいなんだよ』

YouTubeは老舗の動画サイトだ。人気の配信者は広告収入だけで数億を稼ぎ、YouTuberと呼ばれる動画配信者は、子どもの「なりたい職業ベスト10」にランキングされ話題になったこともある。その人気のチャンネルで、わずか数分取り上げられただけで、二人の動画は一気に注目を集めてしまったのだと、電話の向こうのかんなちゃんは言っていた。そして問題は、それだけではないのだと。

『気になって検索かけたら、あの子たち、アイドル系のチャンネルの生配信にゲストで出るらしくって』

その番組の配信者は、かんなちゃん曰く「厄介なアイドルオタク」らしく、これだと目を付けたアイドルを徹底して追いかけ、本名、通っている学校、自宅まで暴き出してギリギリでわかるように公開し、何度も炎上騒ぎを起こしているのだという。

『なんとかして止めて』

自分は仕事を抜けられないからと、かんなちゃんに頼まれたものの、ヨウヨウちゃんのスマホに連絡を入れてみても、繋がる気配がない。

正式にカシェット緑ヶ丘の管理人として働くのはお盆が明けてからの約束だったので、一日休みの僕ならすぐに動くことができる。

「よし、まるを。ミッション開始だ」

ヨウヨウちゃんとトントンちゃん。Red twins typhoon の二人を、危険な配信者によって世界に晒《さら》されてしまうことがないよう、僕がアクションを起こそうではないか。

「ご期待に沿えず、申し訳ありません」

6

いつだって、僕のやる気は空回りしてしまう。高校時代、在籍していたサッカー部では、唯一ベンチ入りできた試合で、気合が入りまくり開始の挨拶でフィールドに飛び出した瞬間、足をひねって救護室送りになった。大学受験の前日、絶対合格を誓ってカツ丼の大盛りをたいらげお腹を壊して、第一志望の試験を台無しにしてしまった。

そして今日だって――。

ヨウヨウちゃんとトントンちゃんの二人が、炎上系 YouTuber の餌食《えじき》にされてなるものかと、なんとか接触を食い止めようと、大家さんにも協力を仰ぎ、問題の YouTuber「ぜうすん」氏の動画を視聴し、どこの事務所に所属しているのか、どこで動画の撮影をしているのかをあれこれ調べ、秋葉原のビルの一室に、彼の事務所兼スタジオがあることを突き止めた。アポイントを取ろうと試みたけれど相手にされず、街中で突撃生中継で配信する可能性もあるのではないかと、まるをを大家さんに預け秋葉原に乗り込んだまでは良かったが……。

「猿渡君のせいじゃないよ。すべて、私の管理不行き届きだ」

僕が街を奔走している間に、Red twins typhoonが出演するぜうすんの生配信は、まったく未チェックだった地下劇場で終了してしまった。大手動画サイトのYouTubeの拡散力は、TikTokの比ではなく、動画がアップされてまだ半日も経っていないのに、既に再生回数は数万以上をカウントしている。

夜も更けたカシェット緑ケ丘のペントハウス。腕を組み、噴火五秒前のような怒りに満ちたかんなちゃんを前に、縮こまる僕と大家さん。

「待ってください。どうして二人があやまるんですか？　YouTubeに出たのが、そんなに悪いことなんですか？」

もちろんその場には、ヨウヨウちゃんとトントンちゃんも呼び出されていたけれど、二人はなんで僕たちがこんなにも彼女たちの行動を問題視しているのか、理解していないようだった。

「そんなに悪いことなんですか？」

トントンちゃんの、ヨウヨウちゃんを真似る日本語は、日増しに語彙《ごい》も増え流暢になってきている。そんな状況ではないのだけれど、彼女の成長になんだか感動を覚えてしまう。

「出たのが問題じゃないんだよ。絡んだ相手が、気に入らないって言ってんの」

ガラスの天板のテーブルに置かれたタブレットを、かんなちゃんが顎で示した。

「こいつはコラボした相手の美味しいところだけを吸い取る、そのためなら人権なんか気にしないハイエナ野郎だよ。さっきアップされたこいつの配信、見たらわかるでしょ？」

YouTuberぜうすんは、ヨウヨウちゃんたちが出演した番組のあと、ひとりでその感想的な内容を呟いた動画を発信した。動画の中で彼は、Red twins typhoonを「自分が見つけた」などと豪語するだけではなく、彼女たちを性的な視線で語り続ける内容に、僕は眉をしかめ、大家さんは嘆き、かんなちゃんは激昂《げっこう》した。下品で淫《みだ》らな俗語の羅列《られつ》を、ヨウヨウちゃんたちがすべてを理解できなかったことだけが、不幸中の幸いだった。

「君たちの行動の全部を、管理しようとしているわけではないんだよ。でもひとこと相談してほしくはあったな。親御さんから君たちを預かっている責任が、私にはあるんだからね」

「ごめんなさい」

肩を落としたヨウヨウちゃんに続いて、トントンちゃんも悲しげな顔で「ごめんなさい」とうつむく。

「でも……」

顔を上げたヨウヨウちゃんが、隣に座るトントンちゃんの手を取り、握る。

「私たち、二人でたくさん思い出を作りたかったんです。だって、トントンと一緒にいられるのは、一年で鬼月の間だけだし。こうやって、長い夏休みを一緒に過ごせるのは、私が学生のうちだけだから」

そう言うと、ヨウヨウちゃんの視線は、僕の足元でくつろぐまるをと、かんなちゃんにじゃれついているキジムナーのナンバーズへと順に向けられた。

「……いつも一緒で、うらやましいです」

就職して家を出て、まるをと離れて暮らしていた日々を思い出す。まるをの温もり、匂い、重み、家に帰ればいつもそこにいた、まるをの姿がないことで積もっていったどうしようもない寂しさを。だからこそ、もう一度一緒に暮らせるようにと「ペット可」の物件に住むことを目標に掲げたのだ。一年に一か月だけ冥界からやって来る、ヨウヨウちゃんの大切な相棒・トントンちゃんと過ごすこのひと月を、彼女がどんなに待ち焦がれていたか。痛いほどわかる。

「ごめん。あたしも言い方、きつかったね」

かんなちゃんも、ヨウヨウちゃんの思いを汲み取ったのだろう。一方的に感情をぶつけたことを謝ると、新たな提案をした。

「ベストな方法を考えよう。あたしたちだって、二人にはたくさん楽しい経験をしてもらって、無事に帰ってほしいから」

これにはもちろん、僕も大家さんも大賛成である。

そこで僕らはヨウヨウちゃんとトントンちゃんも交えて、二人の希望を取り入れながら、ルールを決めた。
・ぜうすん氏はもちろん、他の配信者とのコラボは控える（よく知らない相手に素性を探られないように。プライベートに関しても詳しく明かさないこと）。
・YouTubeにRed twins typhoonのチャンネルを作成し、動画はそこからのみ発信（YouTubeにも挑戦したいという二人の意見を尊重）。
・撮影場所に、細心の注意を払うべし（カシェット緑ヶ丘の所在地の判明は、断固として阻止。緑ヶ丘近辺では赤髪を隠すために帽子をかぶるなどの、変装を推奨《すいしょう》）。
・人手が必要なときには、遠慮なく僕たちに頼むこと。
「わかりました！　よかったね、トントン！」

「よかったね！」

両手を取り合って喜ぶ二人の姿に、かんなちゃんと大家さんの頬もゆるみ、笑顔で話し合いを終えられたことに安堵した。

残る二人の滞在日は、六日間。順風満帆《じゅんぷうまんぱん》にその日を迎えられるだろうと、その場のほとんどのみんなが確信していた。

ただひとり。かんなちゃんを除いて——。

7

「悪い予感が、当たっちゃったよ」

お盆休みが明けたその日、清潔感を第一にと、白のポロシャツと動きやすい素材のネイビーパンツを、自分なりの制服と勝手に決めた僕は、新しい仕事場であるカシェット緑ヶ丘の管理人室に、朝から詰めていた。

「おはようございます。我如古《がねこ》さん」

住民の皆様への挨拶は丁寧に。背筋を伸ばして対応すると、

「何が『我如古さん』よ。ふざけていないで、事態をちゃんと把握しな」

にらみを利かせたかんなちゃんが、僕の眼前にスマホを突きつけてくる。流れている動画の中で、だらしなく伸ばした金髪を揺らし、大口を開けて下品な笑い声を上げているキツネ目の男。

「案の定、動き出したよ。コイツが」

迷惑YouTuber、『ぜうすん』だ。

『これさぁ、視聴者のみんなも激しく同意してくれると思うんだけど、あの二人を世に送り出したのって、正直俺様だと思ってんのよ。違う？　なのにさぁ、あいつらときたら勝手にチャンネルはじめちゃってさぁ。ぶっちゃけ挨拶ひとつ、いまだにないのよ』

画面の左上には「Red twins typhoonに物申す！」と、赤い文字が躍っている。この男ときたら、ネットを使って、ヨウヨウちゃんとトントンちゃんへの不満を、世界中に発信しているのか？

『だから俺様ねぇ、もうこっちから突撃しちゃおうと思うのよ。突撃コラボ。いいっしょ？　それみんなも見たいっしょ？　任せてください！　俺様の捜索網なめんなよってことですよ！』

勢いづいていく発言に、不穏な空気が満ちてくる。

『待ってろよ、Red twins typhoon！　ぜうすなーのみんな！　赤い髪の双子ちゃんの、目撃情報よろしくな！』

動画はそこで終わっている。

「何が『ぜうすなー』よ。こんな男を崇《あが》めている奴らなんて、こいつと同等のクズでしかないじゃん」

怒りのあまり、スマホを床に投げつけようとしていた手をなんとか耐えたかんなちゃんが、唇を噛んだ。

「これって、この男が視聴者を使って、あの二人の居所を突き止めようとしているってこと？」

「コメント欄見てみ。協力する人間がこんなにいるだなんて、どうかしているよ」

動画の下に連なる、コメントの文字を追う。

「渋谷駅で目撃」「蒲田《かまた》の手芸屋で買い物してた」「山手線内回りの車内で遭遇」「小田急線で二回見掛けた」

日時や場所を細かく明記した、ヨウヨウちゃんたちの目撃情報が次々と綴られていく。

「二人に伝えないと」

一〇五号室に向かおうとした僕を、かんなちゃんが止めた。

「もういなかった。昨日もらったメッセージには、今日は原宿に配信用の衣装を選びに行くって書いてあった。朝早く出たみたいだね。気づかなかった？」

「うん、館内点検で色々回っていたし。すれ違ったのかも。電話はしてみた？」

「何回かかけているんだけれど、繋がらない。メッセージも一応送ってはいるんだけれど。もう一回、かけてみる」

かんなちゃんが、素早くスマホをタップして耳に当てる。繰り返される呼び出し音。

「ヨウヨウ？　かんなだよ。トントンも一緒だよね？　今、どこにいる？」

連絡が取れたのか、かんなちゃんの顔が輝き、声のトーンが上がった。

「ちょっと待って。ここに大河もいるから、スピーカーにするね」

管理人室のカウンターに、かんなちゃんが置いてくれたスマホから、ヨウヨウちゃんの声がする。

『メッセージ、読みました。私たち、どうしたらいいですか？』

若干、声が震えを帯びているような気がする。無理もない。あの男の言動は、ほぼ脅迫に近い。

「とにかくまず、キャップか何かで髪の毛を隠して。あと可能ならサングラスも。それと、今日もお揃いコーデだったら急いで着替えて。Red twins typhoonだってバレないようにするの。できるね？」

『は、はいっ』

かんなちゃんが、的確に指示を飛ばす。

「大丈夫。ゲームだと思って楽しんじゃえばいいよ。トントンと一緒にね」

不安げなヨウヨウちゃんを励ますように、元気づけるかんなちゃんは、頼もしい姉御《あねご》だ。

「うん、そうだね。取り敢えず、誰かにあとをつけられていないか、確認しながら帰っておいで」

フォローも完璧だ。せっかくスピーカーにしてもらったけれど、僕の出番はないようだから、何かできることはないかと念のために、ぜうすんのYouTubeを再度チェックしてみた。

「え？　これって……」

新たに書き込まれたコメントに目を走らせ、息を吞む。

「じゃあね。くれぐれも気を付けて」

通話を終えたかんなちゃんに、すぐさま僕は自分のスマホ画面を見せた。

「大変だ。かんなちゃん」

文字を追うかんなちゃんの目が、みるみる見開かれていく。

僕が見つけてしまったのは、決してこのまま見過ごすことのできないコメントだった。

《自分「緑ケ丘」の駅利用者。何日か前に、赤髪の双子、駅前のコンビニで見たよ。結構あれこれ買い込んでいたから、絶対近辺に住んでいるとみた》

さらにこのコメントには、ぜうすんとのやり取りが続いていた。

《それガチ？》《ガチです。めっちゃタイプだったので隠し撮りしちゃったし》《マジ？

DMにて詳細希望》

DM＝ダイレクトメッセージで、いったいどこまで明かされているのか。ぜうすんはもう既に、この近くまで来て、ヨウヨウちゃんたちの帰りを張っているのではないか。

考えれば考えるほど、悪い方へと向かってしまう。

「……大河。大家さんに報告しよう。もうあたしたちだけじゃ、手に負えないかも」

「うん。行こう」

一〇二号室の大家さんの部屋へ急ごうと、管理人室を飛び出そうとしたとき、クウンと足元でまるをがひと声鳴いた。「大丈夫か」とでも言いたげに、じっと僕を見上げてくる。

「大丈夫。行って来るよ、まるを」

大丈夫。不安は消えないけれど、敢えて口にしよう。こんな事態だからこそ、言霊を信じるのだ。

「そうか」

カシェット緑ヶ丘が置かれている現在の状況を説明すると、大家さんは短くそう呟いた。おろおろと動揺して、眉毛を八の字にして慌てふためく姿を想像していたのに、そんな素振りは微塵《みじん》も見せず、踵《きびす》を返すと、部屋の奥へと向かった。

「おいで、エイディー」

大家さんの元に飛んできたのは、黒い羽を広げた小さなコウモリ、エイドリアンだ。小さな身振り手振りを交えながら、何かエイディーに大家さんが呟く。するとバサリと羽を羽ばたかせ、エイディーが大家さんの肩に止まった。

拭えない違和感。何かがおかしい。

「な、なんで、そんな風に止まれるんですか？」

その理由に気がついた。いつもは移動用の籠や、飼育部屋の止まり木や天井に、普通のコウモリ同様頭を下にして、逆さにぶら下がっているエイディーが、まるでカラスのように二本の足でがっしりと大家さんの肩に止まり、小さな頭を僕らの方に向けている。胸に畳まれた黒い羽。その風貌に、黒衣に身を包んだ「悪魔」の姿が重なる。

《案ずるな人間。我《われ》に任せるがいい》

耳にではなく、頭の中に直接響いたメッセージは、

「エ、エイドリアン？」

魔界の上級精霊・サルガタナスから送られたテレパシーだった。

八月の燃える太陽、抜けるような青い空。さっきまで見えていた夏空の景色が、大きな

フィルターをかぶせたように、うっすらと霞《かすみ》がかっている。

「ひとまずこれで安心だよ。人間はこの中に、侵入できないようにしたから」

カシェット緑ヶ丘の上空を、コンドルのように旋回して結界を張ってくれたエイドリアンは、大仕事を終えたご褒美にもらったバナナを前足で抱え、モリモリ食べている。今は籠の中で、いつものように逆さにぶら下がり、脳内にメッセージを送ってくることもない。

「でもこの状態だと、今外にいるかんなちゃんやヨウヨウちゃんたちはどうなるんですか？」

駅周辺や緑ヶ丘の町内に、ぜうすんが既に乗り込んでいるかもしれないと、心配したかんなちゃんは二人を迎えに行っている。結界が張られていたら、帰って来られないのではないか。

「トントンちゃんは問題ないよ。妖怪や魔獣、妖力を持っていれば、結界は作用しないから。それとかんなちゃんには、ヨウヨウちゃんの分も含めてコレを持たせたから」

グレイのスウェットのポケットから、大家さんがえんじ色の巾着袋を取り出し中を開くと、赤、青、緑、そして透明な親指大ほどの様々な形をした石が姿を見せた。

「パワーストーン？」

「こういうのがね、力を込めやすいんだって。これを持っていればね、結界の出入りが自由にできるように妖力が注入してあるから。そうそう、住民の皆さんにも配布しないとね」

特別な生物が隠れ住むカシェット緑ヶ丘。彼らの存在を守るために、いざというときの手段として、この石は以前から用意していた物なのだと大家さんは言う。

「このまま使わないで済んでしまえば、良かったんだけれどねぇ」

確かにそのとおりではあるが、事態を嘆いていてもはじまらない。

「じゃあ在宅している方に、自分が届けてきますね。既に出掛けてしまっている人には、帰宅時に連絡をもらえるよう、メッセージを送ります」

「ありがとう。助かるよ」

玄関先で、ヨウヨウちゃんたちの帰りを待つという大家さんを残し、石の袋を手に各階を回る。

「了解。ついに、その石を使わなきゃならない状況が訪れちゃったのね。選んでいいの？　じゃあ私、その赤いのがいいな。ルビーみたいで素敵」

一〇四号室の愛子さんをはじめ、ほとんどの住民が緊急時の石の存在を知っていたので、詳しく説明する必要もなく受け取ってくれた。

管理人室に立ち寄り、パソコンから不在だった人たちに向けて緊急連絡メールへメッセージを送る。帰宅した際に速やかに渡せるよう、あて名を書いた封筒に石を分け入れ、机に並べて準備したあと、現状が気になりYouTubeのサイトを開いた。ぜうすんのチャンネルから、直近にアップされた動画をチェックする。

『どうもー、ぜうすんでぇす。タレコミ続々もらっちゃってね。Red twins typhoonの潜伏先を突き止めるために、俺様只今、緑ヶ丘ステーションに来ちゃってまーす』

やはりもう、すぐそこまで来ている。それにしてもムカつく男だ。おこがましくも、神である「ゼウス」をもじった名前を使っているのにも腹が立つし、大体一人称が「俺様」って、「何様」なんだコイツは。

でもこの様子なら、二人とコイツは、まだ鉢合わせてはいないだろう。ほんの少し安堵して、大家さんの元へ戻ろうと、ふと内扉で続いている自室の様子をうかがう。

「まるを」

時代劇チャンネルのテレビを見ているか、昼寝でもしているだろうと思っていたまるをが、窓の外を見上げ、結界で歪む視界に鋭い視線を送っていた。ただならぬ外の気配に、まるをも何か感づいているのだろうか。カシェット緑ヶ丘で暮らしはじめて遭遇した数々の騒動では、毎回まるをが解決の一端を担っていた。もしかして、今回だって――。

「まるを。おまえも付き合ってくれるか？」

振り返ったまるをの、いつにないキリリとした表情に、エイドリアンの《案ずるな人間》の声が重なった気がした。

「かんなさんの言うとおりだった！　アイツ最悪！　絶対許さない！」

「絶対！　許さない!!」

ロビーに響き渡る怒りの声。

「二人とも、無事だったんだね！」

ヨウヨウちゃんとトントンちゃんが、かんなちゃんと一緒に戻ってきていた。アドバイスどおりにキャップで髪を隠し、いつも揃えていた服装は、それぞれ羽織った違うシャツで、見えないようにしている。

「無事です！　無事だけれど、怒り湯わかし器です！」

「ちよっと間違っているけれど、言いたいことはわかるよ」

ヨウヨウちゃんの怒りは、沸点に達してしまったようだ。

「童乩《タンキー》の血を引く私を怒らせたらどんな痛い目に遭うか、思い知らせてやります！」

「タンキーって？」

「台湾のシャーマン、日本でいう霊媒師です。私のお爺ちゃん、優秀なタンキーでした。

私もいくつか教えてもらっています。その方法であの男を……」

殺気に満ち満ちたヨウヨウちゃんの隣で、トントンちゃんも般若《はんにゃ》の形相で拳を握りしめている。そんなところまで真似しないでほしい。

「教えてもらっているって、何を？」

嫌な予感に再び尋ねると、

「呪術です！　生まれたことを後悔するような呪いを、あいつにかけてやります！」

「ま、待って待ってヨウヨウちゃん、少し落ち着こうか。ちょっと大家さんもかんなちゃんも、なんとか言ってあげてくださいよ」

黙っていたままの二人を促すと、

「ヨウヨウ、知ってる？」

かんなの姉御が、口を開いた。

「日本にはね、『人を呪わば穴二つ』ってことわざがあんの。あんな奴のために、あんたが穴に落ちるような危険を冒す必要はない」

「じゃあ私たちは帰るまでずっと、この結界の中で、こそこそ隠れて過ごさなきゃいけないんですか？」

「そんなことは言ってない。ヨウヨウ、トントン。あいつに思い知らせてやろうよ。あいつの周りにいる卑怯なチクリ野郎どもより、あたしたちについている仲間の方がはるかに優秀だってことを」

そう言ってかんなちゃんが、そばに置いていたスーパーの袋の中から何かを取り出した。

「呪いなんか使わずとも、サクッと追っ払ってやるわよ」

手にした円柱形の物体は、ヘアーカラーのスプレーだった。

それはもちろん、赤色の——。

8

カシェット緑ヶ丘に張られた結界は、その三日後に無事解除された。大家さんが配布してくれた、妖力が込められた石のおかげで、別段不便を感じることはなかったけれど、見上げた空はなんとなく、視界がクリアになった気がする。

「全部回収できました。お返ししますね」

再びこれを使うことがないようにと願って、石入りの袋を大家さんに渡す。

「あ、あとコレも」

この三日間、僕のポケットを支配していた石を取り出す。

「え？　大河が持っていた石って、それだったの？」

すかさずかんなちゃんからツッコミが入った。無理もない。僕に与えられたのは、みんなが持っていたような小さなパワーストーンじゃなくて、入浴時に踵《かかと》のお手入れに使う「軽石」だったからだ。

「石の数が足りなくてねぇ。猿渡君だけ、それになっちゃったんだよ。ごめんねぇ」

「いいんです。万事解決したんだから」

迷惑系YouTuberぜうすんは、昨夜の配信でYouTubeからの引退を発表した。それは、ヨウヨウちゃんの呪いの力ではなく、かんなちゃんとその仲間のマンパワーによるものだった。

ぜうすんが緑ヶ丘の町にやってきたあの日。かんなちゃんはすぐさまダンサー仲間に、

「妹分が、ぜうすんのストーカー被害で困っている」

と、協力を仰いだ。かんなちゃんの人望と交友関係の広さに加え、長年のぜうすんの傍《ぼう》若無人《じゃくぶじん》な行動に怒りを覚えている人物が驚くほど多かったおかげで、支援を申し出る人たちが続出した。

協力者のひとりである近所に住むダンサー友だちの女の子と共に、ヘアスプレーで髪色を赤く変えたかんなちゃんは、「陽動作戦よ」と言って、双子コーデに着替えて、Red twins typhoonのフリをして緑ヶ丘の町を歩き回った。同時に他の協力者も、ウィッグやヘアカラー、はたまた元からの染めた赤い髪で、二人一組になって都内近郊の至る場所に出没した。

「池袋にいた」「いや横浜だ」「八王子で目撃」「ディズニーランドで発見」

ぜうすんのチャンネルは、まんまと陽動に踊らされた視聴者のコメントであふれかえった。飛び交う情報にキレたぜうすんが、

『ガセネタばっかり書き込むんじゃねぇよ！　有力情報よこせよ、無能どもが！』

などと毒舌を吐き、視聴者は大激怒。

「無能はおまえだろ」「黙れストーカー」「調子に乗るな犯罪者」等々、ぜうすんは一気に集中砲火を浴びることとなった。

それをきっかけに、ネット上にはぜうすんの犯罪まがいのストーカー行為や、非常識な行動の数々が暴露され、過去にぜうすんが粘着していたアイドルが所属する大手芸能事務所までもが動き出し、

「今後もぜうすん氏が、当社の所属タレントのみでなく他者に対しても迷惑行為を続けるのであれば、訴訟も辞さない」と、宣言した。

弱者には強く、強者には弱い。ぜうすんはあっけなく「引退」を宣言した。

ここまでわずか三日間。電光石火の解決は、帰国のタイムリミットが迫っていた、ヨウヨウちゃんとトントンちゃんにとって朗報であった。

「本当にお世話になりました！　ありがとうございます！」

「ありがとうございます！」

騒動の一段落を祝して、そして少し早めの送別会を兼ねて、僕らは再びペントハウスに集合した。

「フライトは明後日だよねぇ。じゃあ明日は一日、まだ遊べるねぇ。どこに行く予定なの？」

カシェット緑ヶ丘の存在がネット上に晒されるのを未然に防げて、上機嫌の大家さんが二人に尋ねる。

「アサクサ！　浅草に行きます！　お土産《みやげ》買って、花やしきで遊んで、動画も撮りたいね。トントンが帰っちゃう前に、できるだけ」

「動画も撮りたい！」

日本滞在の三週間、二人の元気と好奇心は常にパワフル全開だった。無事に送り出せることに、心から安堵する。

「今回は、おまえの出番はなかったな」

少なからず僕は、これで万事解決と、楽観的に考えていた。持参した骨型のガムにかぶりつくのに夢中で、僕の言葉には無反応な足元に座ったまるをと、また別の機会にでも、人語で会話ができればいいなだなんて、呑気に考えていた。

ネット上に、小さな旋風を巻き起こしたRed twins typhoonが、本当の台風を呼び寄せてしまうとは知らずに。

「どうしよう！　このままじゃ間に合わない。門が閉まっちゃう！　トントンが消えちゃう!!」

「消えちゃう！」

不安に耐え切れなくなったのか、涙腺《るいせん》が決壊したようにヨウヨウちゃんが泣き出し、トントンちゃんもそれに続いた。

「な、泣かないで二人とも。台湾に戻れる方法を、なんとか考えよう？」

抱き合って泣き続ける赤髪の二人をなだめようと頭を巡らすが、再度訪れた緊急事態に僕までパニックに陥っていた。

太平洋沖に中型の台風が発生したと、ニュースが告げたのは昨日のこと。予想では、台風はそのまま東に赤道沿いをインド洋へ抜けていくとされていた。

「この予想進路なら、ヨウヨウちゃんたちのフライトに影響はなさそうですね」

「そうだね。万が一、天候不良で飛べなくなったとしても大丈夫なように、余裕をもってスケジュールを組んでもらっているはずだから」

管理人室で、マンション共有部のプールのメンテナンスについての相談を終えた大家さんと僕の話題は、明日帰国するヨウヨウちゃんたちへと移った。

「トントンちゃんは、鬼月が終わるまでに冥界に帰らなきゃいけないんですよね？」

「そうだよ」

「もし、間に合わなかったりしたら？」

「……灰になって消えてしまうねぇ。彼女たちの一族は、鬼月以外は人間界では生きられないから」

灰になって消える。まるで太陽の光を浴びた吸血鬼だ。それは絶対、遅刻できない。

「鬼月が終わるのは、具体的にいつなんですか？」

「鬼月はね、旧暦の七月だから、毎年微妙に変わるんだよね。えぇっと、今年の鬼月はっと……、えぇっ!?」

パソコンを操作していた大家さんが、すっとんきょうな声を上げた。

「大変だよ、猿渡君！」

「ど、どうしたんですか？」

「今年の鬼月は、明日で終わりだよ。明日で、冥界の門は閉じてしまうよ！」

大家さんの絶叫をかき消すように、大音量で映画「ロッキー」のテーマソングが流れた。これは孤高のボクサー、ロッキー・バルボアを愛する大家さんのスマホの着信音だ。

「ああっ、黄《ホアン》さん！　申し訳ない！　私も、今気がついたよ」

電話の相手は、ヨウヨウちゃんのお父さんだった。

予定では、もう台湾に帰ってきているはずの娘がまだ戻ってきていない。スマホに連絡を入れたが「大丈夫」と呑気な返事しか返ってこない。二人はちゃんと間に合うのだろうかと、親御さんは心配しているという。

「黄さんの一族は大所帯だからねぇ、それに加えてモシナの一族の対応もあるから、ヨウヨウちゃんのことまで細かく気が回らなかったのかもしれないねぇ。私も、あのぜうすんとかいう男の騒動のせいで、うっかりしていたよ。ちゃんと確認をすればよかった」

一〇五号室へと急ぎながら、大家さんは「参った参った」と繰り返す。

「大丈夫ですよ。朝一番の飛行機で帰って、そこから真っすぐウチに向かえば。ウチの裏庭に、冥界の門に通じる道があるんです。余裕です！」

「余裕です！」

最悪の事態を想定して慌てる僕らとは反対に、Red twins typhoon の二人は一〇〇%ポジティブだった。

「少しでも長く日本にいたかったから、ギリギリのフライトを予約しちゃったんです」

と、お茶目に舌を出すヨウヨウちゃんに、大家さんは酸素の足りない金魚のように口をパクパクさせている。

「台風の予想進路は外れているんですよね？　問題なしです！」

「なしです！」

二人の笑顔には、不安なんて吹き飛ばしてしまうようなパワーを感じたけれど、そのパワーは思いもよらぬ事態を呼び寄せてしまったかに思えた。

一夜明けてみれば、気象情報は最も恐れていた状況になっていた。

超大型に巨大化した台風は、グアム近海で進路を変えて北上をはじめ、日本列島を直撃するコースが予想されていた。さらに、同時期同地域に発生した熱帯低気圧がもうひとつの台風となって、勢力と速度を急速に上げ台湾へと直進していた。

テレビの中の気象予報士は、「あり得ない事態です」を繰り返す。「あったでしょうが!!」と叫びたくなる。いや、彼が悪いわけではないけれど。

「ダメだ。成田空港は完全閉鎖しちゃったし、国内の空港はどこも運航見合わせ。大体、こっちから飛べても、台湾の方がヤバそう」

かんなちゃんが、大きなため息と共に嬉しくない報告をする。なんとか二人を送り届ける方法はないかと、素早いタップでスマホを検索する指を止めることなく。

「ごめんねトントン、全部私のせいだぁー！」

「ヨウヨウー！」

ヨウヨウちゃんたちの一大事に、僕と大家さん、そしてかんなちゃんも、何はさておきカシェット緑ヶ丘のロビーに集合していた。

二つの巨大な台風に阻《はば》まれ、本来ならとっくに台湾の地に着いているはずの二人は、帰国手段が見つからず、いまだマンションから動くことができないでいる。

「あぁ早く、早くなんとかしないと。猿渡君！　なんかほら、あれ、台風の中を飛んでいけるような魔獣に知り合いいない？　まるを君、いざとなったら翼生やせたりしない？」

慌てふためく僕らの様子を、ロビーの隅を陣取って眺めていたまるをに向かって、大家さんが無茶ぶりを言う。

「落ち着いてください、大家さん。そういった知り合いに関しては大家さんの方が詳しいでしょう？　それにまるをが空を飛べるんだったら、とっくに二人を乗せて送り届けていますよ」

「消えないでぇー！　トントンー!!」

混沌《こんとん》と化す、カシェット緑ヶ丘のロビー。時間だけが無情に過ぎていく。

「もーっ！　じゃあさっ！　どこかに近道はないわけ？　台湾の冥界の門まで出れる、魔法の抜け道みたいなやつ！」

ググっても、そんな情報は決して現れないだろうに、かんなちゃんの高速タップは止まらない。

「……抜け道？　今、抜け道って言ったかい？」

大家さんが、はたと動きを止めて、目を光らせた。

「もしかして、心当たりがあるんですか？」

僕の問い掛けに、大家さんは明らかに動揺を見せていた。

「……ある、と言えばあるんだけれど、いや、でもあの場所は……。無理だ、やっぱり無理だ。危険すぎる」

「ちょっと大家さん！　ひとりで自己完結しないでよ！　本当に抜け道があるの？　だったら多少の危険は覚悟してでも、試してみないと！」

かんなちゃんの勢いに押され、大家さんが決意を固めたかのように、

「そ、そのとおりだね。よし！　さぁ、急ごう！」

立ち上がり、駆け出そうとする大家さんを引き留める。

「待ってください！　急ぐって、どこへ？」

大家さんが、人差し指でビシッと示したその先は、

「……壁？」

ロビーの壁があるだけだった。僕の回答を否定するように、大家さんは指し示した指先をチッチと左右に振る。

「裏山だよ。このマンションの北側の」

「裏山？　あの森の中に、抜け道があるっていうの？」

僕も抱いた率直な疑問を、かんなちゃんが代弁する。

「そう。あそこにあるんだよ。異界へと通じる道がね」

大家さんが明かしたのは、カシェット緑ヶ丘の、新たなる秘密だった。

9

激しい風に、街路樹が踊るようにしなり、大きく揺れている。空はどんよりと灰色の厚

い雲に覆われて、今にも泣き出しそうだったけれど、緑ヶ丘の町はかろうじてまだ雨に降られてはいない。

「……ここが、異界に通じる道なんですか？」

名前のとおり、小高い丘の上に建つカシェット緑ヶ丘は、建物の背後に緑多き森林が広がっている。手つかずの森だと思っていたのに、大家さんに先導されて木々の中に踏み入ると、細いけもの道が続き、その先にそれはあった。

石で組まれた古い井戸。全体を覆った苔のせいで、周囲の緑に溶け込むようにして、強い風で揺らぐ木々の中、井戸はどっしりと地面に鎮座している。

「そう、言い伝えではね」

木片で塞がれた井戸の蓋《ふた》を、バキバキと剝がしていく大家さんに、僕とかんなちゃんが手を貸す。僕らの後ろには、泣きじゃくるヨウヨウちゃんに寄り添うトントンちゃんがいる。冥界の門が閉まってしまえば、人間界に取り残されて消滅してしまうのはトントンちゃんなのに、懸命にヨウヨウちゃんを慰めるのは彼女の方だった。そんな二人を、僕らについてきたまるをが、じっと見つめている。

「言い伝えってどういう意味？　大家さんは使ったことないの？」

かんなちゃんが尋ねる。

「ないない。異界に人間が訪れるのにはね、厳しい修行がいるんだよ。ここを使っていたのはね、私のご先祖様。神聖な場所だからね、修行を受けていない人間は、近寄ることも禁じられていたんだけれど……。そんなことを言っている場合じゃないよね。トントンちゃんのために、覚悟を決めないと」

いつになく真剣な表情の大家さんは、緊張しているのか声が震えているのがわかる。

最後の板を取り去ると、広く大きな暗闇が現れた。深い。水は残っているのか、この先がどうやって異界に繋がっているのか、見当もつかない深さだ。

「大家さんっ！　トントンがっ！」

悲鳴のような、ヨウヨウちゃんの声に振り返る。

「あぁ、こりゃ大変だ。妖力が消えかけている。門が閉まりはじめているね。急がなきゃ」

トントンちゃんの顔や、腕の肌の色が、赤みを帯びだしている。発熱などではない。恐らくこれは、モシナの姿に戻る通過点だ。

「ここを降りて行けば、トントンは家族とちゃんと合流できるんですか？」

「うん。世界各地に冥界に通じる門はあって、その先は全部繋がっているからね。とにかく、完全に門が閉じてしまうまでに、トントンちゃんを送り届けなければ」

「わかりました！　行こう！　トントン！」

「行こう！」

二人は手を取り合い、井戸の縁《ふち》に足を掛ける。が――

「ダメダメダメ！　ヨウヨウちゃんは行けないよ。説明したよね？　修行を積んでいないと入れないって！」

必死の形相で、大家さんがそれを止めた。

「冥界という場所はね、時間の流れも空間の成り立ちも、人間界とはまるで違うんだよ。妖力を持たない人間がむやみに飛び込んだら、身体がねじ曲がって……あぁ、とにかく大変なことになるんだよ！」

「じゃあ、トントンはひとりで行かなきゃいけないんですか？　こんな真っ暗闇の中に？　本当に安全なんですか？　トントンを襲ったりする怪物とか、絶対いないって言えるんですか！」

ヨウヨウちゃんから畳みかけられる問いに、大家さんは言葉を継ぐ間もない。

「無理です！　トントンをひとりで行かせるなんて、絶対に無理！」

「無理！」

抱き合って泣き出す二人を、どうしてあげればいいのだろう。

「わ、私が一緒に行くよ。君たちを引き受けたのは私だ。どんなことがあっても、トントンちゃんを家族の元に送り届けるよ」

「待ってください！　そんなの無謀すぎます！」

下手をしたら、二人そろって共倒れだ。でもほかにどんな手段が？　誰がトントンちゃんを、冥界の門まで連れて行けるというんだ？

そこへ——

突然、激しい破裂音が響き、地面が震えた。

雷が落ちたのか？　思わず閉じた目を開けたそこには、

「控えやがれ、人間ども」

全身から白い湯気のような煙を放つ、巨大な黒い獣。三つの頭を持った、ケルベロスがいた。

「ま、まるを⁉」

「やった！　まるをのベロスバージョンじゃんっ‼」

「おぉっ、久しぶりだねぇ。やっぱり壮観だねぇ、この姿は」

かんなちゃんと大家さんの歓声を浴びても、愛想のひとつも見せずに、ケルベロスなまるをの真ん中の頭が口を開いた。

「子守りは苦手だが、しゃあねぇな」

青い瞳が、僕らを見下ろす。

「俺が連れて行ってやるよ。あの世は俺の、庭みたいなもんさ」

「まるを！」

そうだ。僕らにはまるをがいた。冥界の番犬たるまるをなら、トントンちゃんを無事に門まで送り届けてくれるだろう。

「ま、まるを君なんですか？　この大きい、頭がたくさんの犬が、タイガーさんのまるを君なんですか？　な、なんだか怖いんですけれど」

「……怖い」

はじめてケルベロスを見たのだろう。ヨウヨウちゃんたちは、漆黒《しっこく》の魔獣と化したまるをの姿に怯えている。

「大丈夫だよ。僕が保証する。まるをは誰よりも頼りになる、僕の相棒だから」

「相棒？」

「うん、そう。バディとか、パートナーとか、親友、にも近い言葉だね」

「……親友」

顔を見合わせたヨウヨウちゃんとトントンちゃんの表情から、ゆっくりと恐怖が薄らいでいく。

「おい。まったりしている場合じゃねぇだろ。行くぞ、赤いの」

向かって左の首が、自分の背中に乗るようにとトントンちゃんに促す。

「いや待てよ。この体じゃ、デカすぎるな」

左右の首がぐるりと回されると、再び白い煙がまるをを包んだ。

「これでよし。乗りな、赤いの」

煙の中から現れたまるをは、大型バイクほどの大きさまで小型化し、三つの首は真ん中を残し、ひとつになっていた。

「すごっ。そんな形態にもなれるんだ」

かんなちゃんの言葉どおり、見たこともないまるをの姿だった。人語を発するまるをの声でなかったら、巨大なドーベルマンのような目の前の犬がまるをだと、僕も気がつかないだろう。

おずおずとトントンちゃんがまたがっても、まるをはびくともしない。強靭《きょうじん》だ。

「待って」

いざ、まるをがトントンちゃんを乗せて井戸へ飛び込もうとした瞬間、ヨウヨウちゃんが引き留めた。

「これを持って行って」

いつも首からかけていた、真っ赤なスマホを差し出す。

「証拠を撮ってきて。トントンが、無事に家族の元に戻れた証拠を」

ヨウヨウちゃんのまっすぐな視線が、まるをに向けられる。

「任せときな」

ヨウヨウちゃんから、スマホを首にかけてもらったまるをが地面を蹴った。

「トントン！　また来年！　絶対会おうね！　約束だよ！」

「絶対！　約束！」

ちぎれんばかりに手を振る、ヨウヨウちゃんとトントンちゃん。

真っ暗な井戸の中へ、トントンちゃんとまるをの姿が吸い込まれるように消え、トントンちゃんの声も遠くなっていく。

「な、なんだ？」

足元から伝わってきた震動が、徐々に大きくなっていき、裏山全体を震わす。

「地震？」

立っていることもできないほどの横揺れに、思わず膝をつく。

「トントーン！」

「危ない！　ヨウヨウ！」

叫び声を上げて、井戸に向かって駆け出そうとしたヨウヨウちゃんの腕を、かんなちゃんがつかんだ。ヨウヨウちゃんが走っていこうとした先の光景を目の当たりにして、僕は心臓を握り潰されたような衝撃に襲われた。

「まるをーーーー！」

井戸が、まるをがトントンちゃんを乗せて飛び込んでいった古井戸が、ずぶずぶと地面に呑み込まれていく。

「大家さん！　いったいこれどんな状況なの!?」

「わからない。わからないよ。成功したのか、失敗したのか」

かんなちゃんと大家さんの会話も、僕の頭には入ってこなかった。

まるをは、まるをは無事なのか？

「まるをーーーーっっ!!」

ようやく揺れが収まったそのとき――

ついさっきまで井戸があったその場所は、一気に周囲から押し寄せた土砂で、跡形もなく埋め尽くされていた。

10

「大河！　これ使って！」

「あ、ありがとう」

かんなちゃんから渡されたスコップを、泥で真っ黒な手で握りしめ、地面に深く突き刺す。井戸があった場所を、ただひたすらに掘っていく。

大家さんとかんなちゃんが、マンションへスコップを取りに走り、戻って来る間にも、僕とヨウヨウちゃんはただただ、井戸があった場所を素手で掘り続けていた。爪に入り込む泥、地面についた膝の汚れなど一切気にせずに。

「まるを、まるを」

「トントン、トントン」

お互いの相棒の名前を、呼び続けながら。

手をスコップに代え、さらに深く掘り続ける。掘れども掘れども、井戸が通じていた穴の気配すら見えてこない。

力尽きてしまったのだろうか、座り込んだヨウヨウちゃんが、気が抜けたように一点を見つめている。

「……タイガーさん、あれ」

ヨウヨウちゃんが瞬《まばた》きもせずに、僕の背後を指さした。

振り返ると、黒い土砂の一部がもこもこと盛り上がり、まるで地面の中にモグラでもいるかのように、うごめいているのが見えた。

心臓が高鳴る。

僕の想像が、間違っていないことを天地神明《しんめい》、森羅万象《しんらばんしょう》に祈る。

盛り上がった土の中から、黒い鼻面がひょっこりと顔を出した。潰れた短い黒い鼻。見間違うわけがない。

「まるを！」

まるをだ！　僕のまるをが、生きて戻ってきた。

短い前足で土を搔き、フレンチブルドッグの姿に戻ったまるをが、地面から顔を出した。その口には、赤いスマホが咥《くわ》えられている。

「わ、私のスマホ！　まるを君、トントンは？　トントンはどこなの？」

地中から現れたまるをは、泥だらけの体をぶるっとひと振りすると、咥えていたスマホをヨウヨウちゃんの前に置き、それを足でつつく。

「中を見ろってこと？」

スマホを手に取り、画面をタップしたヨウヨウちゃんが、大きく息を吞んだ。

「トントンだ！　トントンが家族と一緒に写っている！　見て！」

表示された画像には、真っ赤な髪と顔で大きく口を開け、小さな牙を見せて笑う、角のない赤鬼のような集団が肩を並べている。

「これが、モシナの一族？」

「そう！　ほらわかる？　トントンも、ちゃんといるでしょ？」

「あぁ、本当だ。良かった。間に合ったんだね」

集団の真ん中に、小柄なモシナがいた。外側にはねた赤い髪、ヨウヨウちゃんとお揃いの、白地に赤のハートが大きくプリントされたTシャツ。確かにトントンちゃんだ。

「でも、どうやってこんな短い時間で？」

まるをとトントンちゃんが、井戸ごと地面に吞み込まれたあと、僕には永遠に感じられたけれど、実際には十五分もかかっていなかった。そんな短時間で、まるをはトントンちゃんを冥界の入口まで送り届けて帰ってきた。ケルベロスのまるをは、冥界では音速、いや光速で動けるのか？

「猿渡君、これが冥界では時空の流れがここことは違うっていう、何よりの証拠だよ。私たちにはあっという間に感じたけれど、まるを君にとっては大変な道のりだったと思うよ。ご苦労だったね、まるを君」

「ありがとう、まるを君」

「やるじゃん、ぶちゃ犬」

みんなが口にしてくれる褒め言葉を聞いているのかいないのか、「ブシュッ」とひとつくしゃみをして、まるをは何食わぬ顔をしている。あっぱれな活躍をしたまるをが誇らしくて、無事に戻ってきてくれたのが嬉しくて、

「よくやったな。すごいぞ、まるを」

泥だらけのまるをを、構いもせずに抱きしめる。どうせ僕ももう、汗と涙と泥でぐちゃぐちゃだもの。

吹き荒れた雨と風が嘘のように凪《な》いで、次の朝には、すべてを洗い流したような最高の青空が広がっていた。

「タイガーさん、かんなさん。本当にお世話になりました。台湾にも遊びに来てくださいね」

僕とかんなちゃんは、無事に復旧した空港へ、トントンちゃんの荷物も合わせた、大量

のスーツケースと共に旅出つヨウヨウちゃんを、見送りに来ていた。

「あー、無理無理。あたしら海外は無理よ。ウチにはナンバーズがいるし、大河にはまるをがいるし」

いつだって歯に衣《きぬ》着せないかんなちゃんに、社交辞令的な回答はない。

「大丈夫です！　一泊二日の弾丸ツアーで、是非！」

ヨウヨウちゃんの、押しの強さも相当だ。

「それよりも、ヨウヨウちゃんがまた来年も日本においでよ。もちろん、トントンちゃんも一緒にね」

「はい！」

「今度はちゃんと、余裕を持ったスケジュールで来なさいよ。昨日みたいなドタバタは、勘弁だからね」

「はーい！」

実にいい返事である。円滑な人間関係を築くためには、非常に重要な要素だ。

「それじゃあ行きます！　大家さんやまるを君にも、よろしく伝えてください！」

来たときは二人で、帰るときは一人で。台湾からの来訪者は元気に手を振り、出国ゲートへと向かっていく。

「ねぇ見てこれ。あの子たちが、最後にアップした動画」

かんなちゃんが見せてくれたのは、YouTube の Red twins typhoon のチャンネルだった。双子のように装ったヨウヨウちゃんとトントンちゃんが、満面の笑顔で並んでいる。

『みなさーん、いつも応援ありがとうございます！　私たち、Red twins typhoon。期間限定の活動でしたけれど、来年また、二人で元気に帰ってくることをお約束しますね！　また会える日を、楽しみにしていまーす！　拜拜《バイバイ》！』

『拜拜！』

コメント欄にはたくさんの、二人への応援、再来を楽しみに待つ声が書き込まれている。

「まったく、とんでもなく自由な台風だったね」

かんなちゃんの言うとおり、二人には振り回されっぱなしだったけれど、いざいなくなってしまうと、やっぱり、少し、寂しい。

大家さんの車のハンドルを握り、カシェット緑ケ丘へ走る道。賑やかだった後部座席を懐かしむ。

「あ、でもさ。トントンちゃんのパスポートって大丈夫なのかな？　だってほら、出国の手続きしないまま帰っちゃったわけでしょ？」

素朴な疑問を、かんなちゃんにぶつける。

「ああ、そこらへんは、闇の斡旋業者がなんとかするんじゃないの？　下々のあたしらは、我が子を愛《め》でていればいいのよ。ね、このまま買い物して帰るでしょ？　今夜のＢＢＱ《バーベキュー》のために」

昨日のまるをの大活躍をねぎらって、カシェット緑ヶ丘の屋上でＢＢＱをしようと、大家さんから嬉しい提案があった。軍資金もたっぷりもらっている。

「うん、果物もたくさん買おうね。ナンバーズやエイディーの好きなやつ」

「もちろん！」

大家さんと留守番をしているまるをは、ちゃんといい子にしているだろうか。

フロントガラスの向こうに広がる空に、一機のジャンボジェットが悠々と飛んでいくのが見える。

果たしてあれが、台湾行きの飛行機かはわからないけれど――

「来年も、元気に戻ってきてくれるといいね」

台風一過の空に、思いを馳せた。

第三話
Episode 3

五十年目のプロポーズ

1

僕の元へ、天使が舞い降りた。

こんなにも無垢《むく》で清らかで愛らしく、何ものにも代えがたい存在がこの世にあったとは。

Welcome to the World. ようこそ、世界へ——。

「それってさ、我が子の誕生を喜ぶ父親の感情そのまんまじゃんよ。生まれたのは妹だろ？　妹」

「そうですよ。妹です。二十四も年の離れた妹です。僕に、妹ができたんですよ！」

「わかっているっつぅの。ヤバいよおまえ。早くもシスコン街道、まっしぐらだぞ」

「そんな道があるんだったら、大手《おおで》を振って歩きますよ！　大行進ですよ！」

「サル、おまえテンションどうしちまったんだよ」

織田《おだ》っち先輩が心配するのも無理はない。自分でも驚いている。妹の誕生が、こんなにも僕を幸福な気持ちで満たしてくれるとは。

二回りも年の差のある妹が、母とその再婚相手である神永《かみなが》氏との間に生まれた。妊娠の報告を受けたときは、「年の離れた異父弟妹《ていまい》」の誕生に、僕は正直戸惑いを覚えていた。僕の年齢ならば、自分の子どもがいる友人だって少なくない。なのに、幼い頃ならまだしも、今さら「兄」になるという複雑な心境。加えて、十代で僕を産み、まだ若いといっても四十を越えている母が負う、高齢出産に該当する様々なリスク。それらが重なり、母の妊娠・出産に、かつての僕は心からの祝福を送れないでいた。

けれども、実際生まれたての妹をこの目で見た僕は、正に「案ずるより産むが易《やす》し」を実感していた。

「いや、産んだのは七海《ななみ》さんだろ。何おまえが体感した気になっているんだよ」

ご親戚が経営する電気店で働く、高校時代のひとつ上の織田っち先輩こと織田雪之丞《ゆきのじょう》氏は、「カシェット緑ケ丘」から駅を挟んだ反対側の住宅地に住んでいる。緑ケ丘在住歴は七年以上の、その点においても先輩だ。高校時代、愛犬を亡くした彼は、散歩中に偶然出会った僕のまるをいたく気に入り、僕の実家に入り浸っていた時期がある。兄弟のいなかった僕にとっては、兄みたいな存在の織田っち先輩は、僕の母を勝手に姉のように思っていたらしく、以前から「七海さん」と名前呼びをしていた。

　二十歳のときに最初のお子さんが生まれ、現在は二女児の父である織田っち先輩は、「七海さんの二十四年ぶりの出産を祝して」と、親目線で選んでくれた洋服やらおもちゃやらを、大量に母に贈ってくれた。妹と初の対面をしに実家へ帰った僕は、母から頼まれた織田っち先輩へのお祝い返しの品を携えて、ご自宅にお邪魔したのはいいけれど、ついつい山ほど撮影した妹の写真を披露して、地上に舞い降りた天使について熱く語ってしまっていた。

「親父《おやじ》さんも大喜びだったろう？」

「神永さん？　うん、そりゃもう」

　織田っち先輩が「親父」と呼ぶのは、母の再婚相手・神永氏のことだろう。のどまで出かかった「僕の『親父』じゃないですけれど」の言葉を呑み込んだ。先輩は「妹の父親」の意味で「親父さん」と称したのだとわかっていても、「僕にとっての『父親』は、十年前に他界した父だけだ」という思いが、つい条件反射で出てしまいそうになる。

「なんてったって、神永さんにとっては五十路《いそじ》過ぎでできたはじめての子ですからね」

　長い独身時代を経て、ようやく出会えた伴侶との間に生まれた、なかば諦めかけていた血を分けた我が子だ。神永氏の喜びようは、僕の比ではなかった。

「お酒も止めて、運動不足も解消して、健康に気づかうって誓っていましたよ。娘を成人まで立派に育てて、無事に嫁に出すまでは死ねないって」

無邪気にそう語っていた神永氏は、決して僕を傷つけようとしていたわけではないと思う。むしろ彼の言うとおり、妹の父親として長生きしてもらわなくては困る。

でも――

僕の父親は、僕が十四歳のときに病を患《わずら》い他界した。僕は父に、自分の成人した姿も、織田っち先輩のように結婚して家庭を持った姿も、見せることができなかった。

もしも、父が生きていてくれたら――。

考えても仕方がないこととはいえ、この先の人生で、きっと何度も繰り返し想像してしまうのだろう。「もしも」と。

妹には、僕と同じ思いをしてほしくない。そして何より、母に二度も伴侶を亡くす哀しみを負わせたくない。だから神永氏には、毎日生卵をがぶ飲みしてニンニクを丸かじりしてでも、とにかく健康第一で長生きしてくれと、心から願う。

父と母、そして義父に妹、家族への様々な想いが入り乱れ、しばし押し黙ってしまった僕に、何かを感じ取ったのか、

「おーい、まるを。おまえも写真見せてもらったのか？　新しい家族ができたんだぞ」

織田っち先輩が話題を変えて、庭で遊ぶまるをに声を掛けた。

きれいに手入れされた、緑鮮やかな織田家の芝生の上で、この家の愛犬・パグ系ミックスのノブとナガと一緒にボールとじゃれていたまるをは、チラリと僕らに視線を向けたかと思うと、プイっと顔を背けて再びボールに向かってしまった。

「ありゃ？　来ねぇな。おまえに置いていかれて、ご機嫌ななめな感じか？」

今日の実家訪問は、電車日帰りコースだったので、まるをは先輩宅で預かってもらっていた。

二十代にして二児の父、そして一国一城の主《あるじ》である織田っち先輩。かといってそれを鼻にかけるどころか、僕に対して「結婚しろ」だの「家族を作れ」だの「家を構えてこそ男」などという、上から目線の発言も一切しない。「人は人。自分は自分」。学生時代から、そんな飄々《ひょうひょう》とした性格の先輩だったからこそ、僕は彼を慕い、長く親交を続けていられるのかもしれない。

「ごめんなぁ。今度は車借りて、まるをも一緒に行こうな。母さんもおまえに、会いたがっていたからさ」

まるをのご機嫌をとろうと、僕も呼び掛ける。

幸いにも、産後母子共に健康であったとはいえ、

「ほぼ四半世紀ぶりの新生児育児は、想像以上にハード」

と、珍しく弱音を吐き、寝不足が続いているという母の元に長居は禁物だと、今回はわずか数時間の里帰りであった。

「またゆっくり、時間が取れるときに行こうな」

僕の言葉に、はたと動きを止めたまるをが、

「ぐふぅ」

と、下顎を突き出し、歯茎《はぐき》を見せて、威嚇《いかく》の姿勢を見せてくる。

「ははっ、すっげぇ怒ってんじゃねぇか。ていうかまるを、おまえめちゃくちゃ優秀な歯茎してんな」

確かにまるをの歯茎は、薄いピンク色で引き締まった健康的な状態を保っている。さすが織田っち先輩。犬を飼う者の視点を所持していらっしゃる。

「ウチのノブ、先月歯肉炎《しにくえん》こじらせちゃってさ、五十嵐《いがらし》さん通いまくったよ」

「五十嵐さん？」

「かかりつけの獣医だよ。前にサルにも教えたろ？『近所の獣医紹介してくれ』って言われてさ」

思い出した。緑ヶ丘の町に越してきた際、真っ先に尋ねたのだ。腕が良く評判のいい獣医を。まるをと暮らす上で、いざというときの大切な情報だからだ。でも……。

「あ、ああ、そうでしたね。実は、マンションの大家さんから紹介してもらった獣医さんがいて」

「そうなん？　なんてとこ？」

「あおば学園の『エミリー・アニマルクリニック』です」

「へぇ、聞いたことないな」

無理もない。「エミリー・アニマルクリニック」は、カシェット緑ヶ丘の住民・二〇四号室の「鼠屋《ねずみや》エミリ」さんが経営する動物病院だ。表向きは、高級住宅街・あおば学園在住のセレブや資産家が、愛するペットのために利用する会員制クリニックで、その存在はあまり周知されていない。さらに「エミリー・アニマルクリニック」は、僕たちの大切な「特殊な生物」にも精通した、大変貴重な病院だという知られざる一面を持っている。

「大家さんって、おまえの今の雇い主ってことだろ？　そりゃそっちの縁、大切にした方がいいんじゃね？」

ごめん。織田っち先輩。心の中で詫びる。

尊敬し、信頼する先輩に、この春から僕はいくつもの秘密を抱えてしまっていた。カシェット緑ヶ丘にまつわるあれこれ、そしてまるをの正体。まるをが体内に、魔界の番犬・ケルベロスを宿していると知った今、普通の獣医さんに彼を連れて行くわけにはいかないことも、決して詳しくは明かせない。

「ていうか、まるをはウチのと違って、昔から健康優良児だもんな。病院自体、あまり世話になることないか」

「そうですね。予防接種と健康診断くらいですかね」

身体構造的に、皮膚や呼吸器の病気にかかりやすい犬種と言われているフレンチブルドッグだけれど、まるをは今まで大きな病気でお医者さんにかかったことがない。今となってみればそれも、内に秘めたケルベロスの力のなせる業《わざ》だとも思える。十歳を超えて、立派なシニア犬となったのに、いまだ歯茎は子犬のようにピンク色だし、白髪が混じりだしてもおかしくない全身の毛は、まだまだ黒々として艶々しい。この変わらない若さも、妖力によるものなのだろうか。

大家さんに鼠屋さんを紹介してもらって、実際にはまだクリニックのお世話になってはいなかったが、近々ちゃんと診察を受け、その点に関しての疑問も、相談できたらとも考えていた。そんなことは、織田っち先輩には言えなかったけれど。

「長い時間、ありがとうございました」

生まれた妹の尊さを語り続けていたら、恐らく朝を迎えてしまうだろうと、夜が更ける前に織田家をおいとますることにした。

「おう、またいつでも来いや。それより大河、マンションの管理人って、昼休憩とかどうしてんの？　外に飯とか出れんの？」

「外出は問題ないんですけれど、適当に部屋で済ませちゃうことがほとんどですね」

「どうせカップ麵とか、冷凍もんばっか喰ってんだろ。俺も外回りであっちの方行くときは連絡するから、たまには外で昼飯しようぜ。旨い店、連れて行くからさ」

「はい、是非」

九月に入ったとはいえ、まだまだ暑い日が続いていた。もうひと息、夏を乗り切るために食生活にも気を配らねば。

「あ、そうだ。旨い店と言えばさ」

さあ帰ろうと、ハーネスを装着したまるをを促し、歩き出そうとした直後、織田っち先輩が何かを思い出したように口を開いた。

「『みのきち』、店畳んじまったみたいだけれど、大将調子悪いのか？」

「みのきち」は、先輩が「緑ヶ丘で一番」と絶賛し、贔屓《ひいき》にしていたラーメン屋だ。

「いえ、大将は元気なんですけれど……」

「みのきち」の店主・牛久保《うしくぼ》稔太《みのた》氏を、僕は先輩よりよく知っていた。最近彼が「みのきち」の店を惜しまれつつも、閉めてしまったことも既に耳に入っていた。

「もしかして、具合悪ぃの大将のおふくろさんか？」

「ええっと、それはですね……」

なんと言えばいいのやらと、言葉を濁していると、

「あ、悪ぃ。おまえの口からは言えねぇよな。管理人の守秘義務ってのがあるものな」

そう、「みのきち」の店主・牛久保さんは、偶然にも僕が管理人を務めることになった、カシェット緑ヶ丘の住民であった。

織田っち先輩、本当にごめん。先輩の大好きな「みのきち」についても、僕は決して口外できない秘密を持っているのだ。

牛骨スープが評判で大人気だったラーメン「みのきち」の大将・牛久保稔太氏の正体が、半人半獣《はんじんはんじゅう》の、牛の頭を持った怪物「ミノタウロス」であることを――。

2

織田っち先輩に連れられて、僕が「緑ヶ丘一旨い」というラーメン屋「みのきち」を訪れたのは、この町で暮らしはじめてひと月ほど経った頃だった。

「牛骨スープなんて珍しいだろ？　俺も食う前はどうよって思っていたんだけどさ。これが病みつきになる旨さなんだよ」

駅前の雑居ビルの地下に小さな看板を掲げた、カウンター席のみで営業する知る人ぞ知る名店を、「特別におまえに教えてやろう」と胸を張る先輩のあとに続いて、狭い階段を降りていく。

「店主がまるで愛想がないのが玉に瑕《きず》なんだけど、そこはまあ大目に見てやってくれよ」

オーダーが遅いとか食べ方がなっていないとか、客を怒鳴りつけてくるような店だったらイヤだなぁと、ドキドキしながらのれんをくぐると、

「あれ？」

ひとり厨房《ちゅうぼう》に立つ男性の顔を見て、思わず声が出た。目が合い、お互い小さく頭を下げる。

「何？　サル、大将と知り合い？」

その場では「いや、恐らく」と曖昧《あいまい》に答え、とにかくラーメンを食し、店を出たあとに、先輩に「大将は、自分と同じマンションの住民かも」という最低限の情報のみを伝えた。

ラーメンの味を堪能《たんのう》するより、僕はカウンターの向こうに立つ大将が、自分の知る男性なのか、できれば人違いであってほしいと考えていた。

しかし、頭に巻いたタオルで、顔がすべて露わになってはいなかったけれど、日本人離れした彫りの深い浅黒い顔立ちは、陽気なイタリア人を思い起こすのに、真一文字に結ばれた口、眉ひとつ動かさない無の表情。一度見たら忘れるはずがない。「みのきち」の大将は、カシェット緑ヶ丘に住む、真の姿はミノタウロスである牛久保稔太氏に間違いなかった。

彼が日々、牛骨ラーメンを客に振る舞っていただなんて、まったく知らずにいた僕は、「何故牛骨ラーメンなのか」、「牛の半身を持つミノタウロスの彼にとって、仲間をスープの出汁《だし》にしているという背徳感はないのか」などと、あれこれ気になって、ラーメンどころではなかったのだ。

「以前はさ、大将のおふくろさんなのかな。めちゃくちゃ働きもんのおばちゃん店員さんがいたんだけれど、体調崩されちゃったとかで、今は大将ひとりで店を回してんだよ」

先輩をはじめとする常連客は、そんな状況を知っているからか、どんぶりを下げたりテーブルを拭いたり、初来店の客には水のありかを教えたりと、切れ目なく入店する客の対応を、表情ひとつ変えることなく、淡々とひとりで切り盛りする店主を、さりげなく手助けしていた。

先輩のいう女性店員さんには、思い当たる節があった。でもそれは、大将の「おふくろさん」ではない。

牛久保妙子《たえこ》さん。

二人は、長年連れ添ったご夫婦なのだ。


「ミノタウロスのご主人がいる牛久保家」

その存在を、僕に最初に教えたのは大家さんだった。僕がまるをとカシェット緑ヶ丘に越してきた直後。まだまるをの正体がケルベロスだと誰も知らなかった頃、まるをが「特別なペット」でなければ出て行けと、無情にも大家さんに言い渡された際に、僕はカシェット緑ヶ丘に住むほかの住民についての説明を受けた。

もちろんそのときは、悪趣味な大家さんが、僕にドッキリでも仕掛けているんだろうと、少しも信じていなかった。いい年をしたおじさんが、何をふざけているのかとも思っていた。

でも、あの日の大家さんの言葉のとおり、カシェット緑ヶ丘には本当に「世にも不思議な生物」たちが暮らしていた。河童にキジムナー、羽を生やした妖精にセイレーン、人狼に聖獣、そしてミノタウロスも。

「あら？　新しく越してきた方かしら？」

とまどいながらもはじまった、カシェット緑ヶ丘での新生活のとある朝。

まるをの散歩を終え、部屋に戻ろうとした際、エントランスでばったりと出会った男女二人の住民の、女性の方が僕に声を掛けてきた。

折れそうなくらいの細身で白髪の、物腰の柔らかな老婦人。その隣には、ボディーガードのようにがっしりとした体格の男性が付き添っている。

「おはようございます。一〇一号室に入居しました、猿渡といいます。こっちはペットのまるをです。よろしくお願いします」

新参者である僕が、即座に二人に自己紹介をすると、

「二〇五号室の牛久保です。よろしくお願いしますね」

そう丁寧に返してくれたのが、奥さんの妙子さんだった。

「二〇五号室の牛久保」さんの名前に、大家さんが言っていた「ミノタウロスのご主人がいるお宅」の話がよみがえった。となると、女性の隣にいるこの男性が、正体はミノタウロスだというご主人なのか？

僕は困惑した。何故なら、明らかに高齢の女性と比べ、隣に立つ日焼けした肌の筋肉隆々の男性は、四十代、いや三十代といってもおかしくないほど若々しく見えたからだ。

もしかして、息子さんか？　人間の女性と半人半獣のミノタウロスの間に生まれた子ども

は、半妖よりも何割人間寄りになるんだ？

そんなことを頭の中で考えていると、

「主人です。ほら、あなたもちゃんと挨拶して」

妙子さんに促されたご主人がぺこりと頭を下げ、二人の関係性は明らかになった。

この人が、ミノタウロス――。

黒目がちの瞳に、スッと通った鼻に角ばった輪郭。洋風な顔立ちは、確かにどことなく猛々《たけだけ》しいバッファローの姿が重なるような……。

いや、初対面の相手の顔をジロジロ見ては失礼にあたるなと、視線を足元のまるをに落とすと、まるをはまるで遠慮などせずにご主人をガン見していた。魔物同士、何かを感じているのだろうか。

「それじゃあいずれ、懇親会でゆっくりお話ししましょうね」

朝の忙しい時間帯だったので、そこで会話は終了し、牛久保夫妻とはその日は別れたのだが――。

後日、思いもよらない場所で、僕はミノタウロスのミノタさんと、再会を果たすことになったのだ。

「何ボーっとしながら歩いてんのよ。シャンとしないと事故るよ」

織田っち先輩に連れられて、衝撃の「牛骨ラーメン」体験を果たした僕は、心ここにあらずの状態で、カシェット緑ヶ丘への家路をたどっていたようだった。そんな僕に声を掛けてきたのは、二〇三号室の住民のかんなちゃんだ。入居当時から、良い意味でも悪い意味でも何かと面倒を見てくれている彼女に、僕が受けた衝撃の内容を伝えると、「何を大げさな」と呆れられた。

「ミノタさんがラーメン屋をやっていたのが、そんなにたまげること？」

「ラーメンが問題じゃないんだよ。牛の骨を使っていることに驚いたんだよ。だってミノタさんは、半分牛の魔物だろう？」

「共食い」の文字が、脳裏をよぎる。

「半分牛だからこそ、牛の旨味とかもすべて知り尽くしているんじゃないの？　実際美味しかったでしょ？　あの店のラーメン」

「う、うん。あんまり覚えていないけれど、味は良かった、気がする」

「店主がちょっと、いや大分不愛想なのが減点ポイントだけれどね」

厨房に立つミノタさん。そして以前、マンションで一度お見掛けしたときのことを思い出す。

「不愛想というか、ミノタさんって笑顔どころか、ほとんどいつも表情が変わらないよね」

「しょうがないのよ。不器用な男なの、牛久保ミノタは」

思うがままの姿に化けることのできる妖怪・妖魔は多くいる。しかしその能力の差の開きは大きい。百メートルを九秒台で走るアスリートもいれば、五十メートルでさえ十秒を切れない運動が苦手な人間がいるのと同じに。

「大家さんによると、本来ミノタウロスには化ける能力はないらしいんだよ。でも、ミノタさんは頑張って人間に化けているから、表情が硬いの。喜怒哀楽《きどあいらく》の感情を表現するのが苦手なの。だから不愛想に見えちゃうんだよね。あ、でもいつまでも若々しいのはうらやましいかも。年相応に化けるのもできないみたいよ。不器用だから」

かんなちゃんの説明で、牛久保夫婦の見た目が、大きく年の差のある夫婦に見えていたことも納得がいった。

「けどなんでそこまで無理をして、人間の姿になろうとするんだろう」

「そりゃ『愛の力』でしょ。一緒に暮らして、もう五十年近いっていうんだから。すごくない？」

五十年といえば、僕やかんなちゃんの人生の倍以上の年月だ。僕の父と母が、添い遂げたくても叶わなかった時間だ。

「うん。すごいね」

素直にそんな言葉が出た。人間と異形《いぎょう》との恋。それはどんな風にはじまって、五十年もの長い間、大切に育《はぐく》まれてきたのだろうか。

「お店で見ててもわかったでしょ？　二人の息の合った仕事っぷり。正に、あ・うんの呼吸だよね」

牛久保夫婦の出会いに思いを馳せていた僕は、かんなちゃんの発言で、現実に引き戻された。

「それが……」

妙子さんは体調を崩して、もう店には出ていないようだったと告げると、いつも明るいかんなちゃんの、声のトーンが落ちた。

「知らなかった。そういや最近、マンションでも姿を見掛けていないかも。大丈夫なのかな」

大丈夫ではなかった。

それから数か月が過ぎ、妙子さんの体調はさらに悪化し、ミノタさんは看病に徹するために店を閉めた。

そして現在――。

3

「猿渡君、明日からの工事のお知らせは、ちゃんと各戸に伝わっているよね？」

「はい、回覧のハンコももらっていますし、念のため工事の日程は掲示板にも貼っておきました」

妹と初対面を果たした休日から明けて、僕は朝から大家さんと二人、管理人室で打ち合わせを進めていた。

明日から三日間、カシェット緑ケ丘にリフォームの工事が入る。

主にエントランスの階段部分の一部をスロープに改修し、バリアフリー化を進めることが工事の目的であった。

「業者さんが出入りする時間帯の、ペット同伴の外出には注意するようにも告知してあります」

「完璧だね。かんなちゃんとか普通に、キジムナーたち連れて歩き回るから、気をつけてもらわないとね」

一般の業者がカシェット緑ヶ丘に立ち入る場合、ここで暮らすのが普通じゃないペットたちだということを、決して悟られないよう細心の注意を払う必要がある。気を引き締めていかねばと、自分に喝を入れ直す。

「ばう」

管理人室の長机の下で丸くなっていたまるをが顔を上げ、ひと声吠えた。続けて、「ファン」という軽く跳ねるような、車のクラクションが聞こえてくる。

「おぉ、まるを君、賢いねぇ。車が来たのを教えてくれたんだね」

愛犬を褒められると、飼い主の僕も嬉しくなる。

管理人室の窓から顔を出し、エントランスの正面をのぞくと、グリーンの車体のタクシーが、玄関前に横付けされていた。緑ヶ丘の町では、タクシーも緑色だ。

「サンキュー、まるを。じゃあちょっと、連絡入れちゃいますね」

各戸に繋がるインターホンを使って、二〇五号室を呼び出す。

「おはようございます。タクシー、到着しました」

タクシーの配車を頼んだのは、牛久保夫妻だ。

「おはようございます。お世話になりますねぇ」

しばらくして、エレベーターホールから牛久保夫妻が姿を見せた。花模様がプリントされた可愛らしい杖をつきながら、ゆっくり歩く妙子さんを、ご主人のミノタさんが横で支えている。

「おはよう、妙子さん。リフォーム、明日からはじまりますからね。不便かけるけれど、もうちょっと待っていてくださいね」

バリアフリーのリフォーム工事は、二〇五号室の牛久保宅にも入ることになっていた。奥さんの妙子さんが、ここ数年体調を崩し、体力的な問題で歩行が困難になってしまっており、車椅子の利用も考えているという話から、今回のリフォームが決まったのだ。

「すみませんね。私のために、玄関まで工事していただくなんて」

恐縮する妙子さんに、

「何言ってんですか。いつかは誰もが通る道ですよ。私だって近い将来、必要になるんですし、それはまったくお気になさらず！」

大家さんが、何故か大きなおなかを叩いて即答する。「太っ腹」を意味しているのだろうか。

「ありがとう。そう言ってもらえると、ちょっと心が楽になるわ」

マンションの共有部分のバリアフリー化は、妙子さんのような高齢者だけのためではない。僕らの世代だって、いつどんなことがきっかけで、障がいを持つかはわからない。すぐに決断をし、計画を進めた大家さんと、オーナーのＹＵＤＡさんのご兄弟の行動力は素晴らしいと思う。

「タエ、車」

ミノタさんが、修飾を一切取り除いた台詞を発した。待たせているタクシーを、気に掛けているのだろう。

「ああ、はいはい。道が混んでいると、検査に遅れちゃうものね。それじゃあお二方、失礼します」

いつもの朗らかな笑顔を見せてはくれるものの、妙子さんの顔色は日増しに悪くなっているような気がした。以前から細く小柄だった身体が、さらにひと回りもふた回りも、小さくなってしまったようにも思えた。検査だ診察だと、通院の回数も増えてきている。病状は芳《かんば》しくないのだろうか。

見ているだけの僕らでさえ心配になる妙子さんの衰弱ぶりに、そばにいるミノタさんが、辛くないはずがない。

けれどもミノタさんは、まったく表情を変えないまま、妙子さんに連れ添ってタクシーに乗り込んだ。

「ミノタさん！　お医者さんや看護師さんには愛想よくね！　表情筋、表情筋を使うんだよ！」

去り行くミノタさんに向かって、大家さんは叫んだけれど、

「まぁ、彼の無口無表情不愛想は、今さらどうしようもないけれどね」

はははと笑って、すぐに自己完結してしまった。その目は、少し悲しそうだった。

人は出会い、そしていつか別れる。様々な形で。

忍び寄る老いと病に向き合う妙子さんを前に、変わらない表情で、ミノタさんは何を思うのか。

沈みがちな気分に小さく息を吐くと、僕を見上げるまるをと視線が合った。

艶のある黒毛、ピンク色の歯茎、老いを知らないかのような、僕の愛犬。

「ホントね。毛艶《けづや》もいいし、目の濁りもないし耳もキレイ。ちょっとお口の中も見せてね、まるを君」

美しい女性の膝の上で、されるがままになっているまるをは、心なしか頬がゆるんで見える。実家にいた頃、まるをを診てくれていた近所の獣医さんは、高齢の男性だった。毎年の予防接種に、何度か僕が連れて行ったことがあったけれど、これほど嬉しそうな顔はしていなかったように思う。随分と露骨な態度ではないか？　まるを。

「おぉ、理想的な歯茎ね。色も弾力も。口臭も……、うん、この程度なら問題なし」

二〇四号室に住む獣医の鼠屋エミリさんに、「まるをについて相談させてもらえませんか」とお願いしたところ、取り敢えず会わせてと、カシェット緑ヶ丘のペントハウスで、懇親も兼ねてお互いのペットを連れて集まる約束を交わすことができた。

「視診ではまったく異状なしね。レントゲンや血液検査は、クリニックまで出向いてもらうことになるけれど。どうする？」

部屋着にしてはおしゃれ過ぎる、光沢のある素材のワインレッドのパンツスーツに包まれた長い足。ベリーショートの髪型と、その均整の取れたスタイルに、目鼻のはっきりとした華やかな顔立ちは、宝塚の男役のスターを想像させる。高級住宅街で会員制のクリニックを営むというエミリさんは、そんな見た目から近寄りがたい人かと思っていたら、とても気さくな方だった。それよりも、

「はい。是非お願いします」

僕の声が震えていたのは、僕の身体にじゃれついてくる二匹のフェレットのせいだった。

「ん？　猿渡君、緊張している？　大丈夫よ。いきなり襲ったりしないから」

もふもふの長い体に短い手足、小さな顔の中心にはハート形をしたピンク色の鼻。はじめて触れるフェレットは、めちゃくちゃ可愛かったけれど、エミリさんの飼うフェレット

たちの正体を聞き、確かに僕はガッチガチの銅像状態になっていた。

「だ、大丈夫なんでしょうか？　僕はこのまま、アダルトな夢の中に取り込まれたりするんじゃや」

夢魔《むま》――。人間に淫靡《いんび》な夢を見せて、その肉体から精気を吸い取り死に至らしめる悪魔。つぶらな瞳をした、エミリさんの愛らしいフェレットたちには、そんな恐ろしい魔物が宿っているのだという。緊張しない方がおかしいではないか。

「そんな日常茶飯事に、人様の夢に入り込むわけじゃないから安心して。普段は普通の愛くるしいフェレットだから」

目の周りと体が黒毛の方がシュヴァルツ。白毛がヴァイスだと、エミリさんは二匹の名前を教えてくれた。

「でも、二匹どちらからも気に入られるのって、珍しいのよ。猿渡君、もてるでしょ？　女からも男からも」

「まったく身に覚えがありません」

僕の肩の上を奪い合うように、二匹のフェレットが背中からよじ登ってくる。もふもふの動物に好かれるのは嬉しいけれど、シュヴァルツの中には女性を魅了するインキュバスが、ヴァイスの中には男性を虜にするサキュバスが存在していると知ると、単純に喜んでいいものなのかと若干《じゃっかん》不安になる。

「ちなみに、フェレットの平均寿命は六〜八年。でもその子たちはもう、十五年近く生きている」

「そんなに⁉」

エミリさんの驚きの発言に、思わず声が裏返る。こんなにもふもふと豊かな毛並みをして、僕の上半身を駆け回る二匹に、老いの気配は微塵も感じられない。

「見えないでしょ？　とっくにシニアの年齢なのに、青年期のワンちゃんの健康状態のまるを君と、同じだと思わない？」

「確かに」

「恐らくこの子たちは、老化をコントロールできるんじゃないかって考えられているの」

まるをの背中を撫でながら、エミリさんが解説をしてくれる。

「ウチのマンションにしてみても、色んなタイプの特殊生物がいるでしょう？　その国、その土地特有の妖怪、空想上の生物だと言い伝えられてきた異形の存在、そして悪魔や妖魔が憑依《ひょうい》したモノ」

問い掛けに頷きつつ、当てはまる子たちを思い浮かべていく。一〇四号室の愛子さんちの猫又は日本の、そして二〇三号室のかんなちゃんのキジムナーは沖縄の妖怪。伝説上の生物といえば、三〇一号室の蜂谷家の妖精、三〇四号室の鳥飼さんのセイレーン、一〇三号室の美子さんの神獣・玄武《げんぶ》だろうか。そして、大家さんとオーナーのＹＵＤＡさん兄弟の飼うコウモリと犬のボルゾイには、上級悪魔・サルガタナスとサタナキアがそれぞれ宿っている。僕に懐いてくれている、夢魔が憑《つ》いたエミリさんのフェレットたちも、悪魔の仲間に入るだろう。

「本来悪魔は、憑依した人間や動物の体が合わなかったり、病気や老化で使い物にならなくなったら、新たな体に乗り移ると言われているんだけれど、例外もあるのよね。例えばフェニックス」

「不死鳥って呼ばれている伝説の鳥ですね」

「魔導書によっては、フェニックスも悪魔に分類されているけれど、あの鳥は死期が近づくと自ら燃え盛る炎に飛び込んで、肉体を再生する力を持っているの」

「あぁ、それ見たことあります！」

と言っても、漫画や映画の中でだけれど。

「ウチの子やまるを君が、憑依した生体の老化のスピードを抑えられるのは、それに近い原理なんじゃないかって、特殊生物の研究者の間では認識されているのよ」

なるほど。不死鳥のように古くなった細胞を再生させながら、老化を止めているという原理か。

「それってもしかして、まるをたちが『不老不死』の存在ってことですか？」

「うーん、理論的にはそうなるんだけれど、断定はできないわね。いつかは細胞の再生が、老化に追いつかなくなる日が来る可能性もあるし。憑依した体や周囲の環境に飽きた悪魔が、その体から抜け出てしまった例もある。一緒に暮らす特殊生物の存在を、すべての人が公表しているわけでもないからね。データも完璧じゃないのよ。この子たちが、ペラペラお喋りして秘密を明かしてくれるなら話は別だけれど」

「……喋らないんですか？　ヴァイスとシュヴァルツは」

「……え？」

「……え？」

まるを同様、ヴァイスもシュヴァルツも、人語を操れるのではと思っていた。

「悪魔が人間に憑依した場合は、その人間を使って人語を発するけれど、動物に憑依した場合はテレパシーを使ってくる事例しか把握してなかったわ。とっても興味深いわね」

エミリさんが言う事例のひとつを僕は知っている。大家さんのフルーツバットのエイドリアンに憑依している悪魔・サルガタナスは、確かに僕たちの脳内にそうやって話し掛けてきた。

「ねぇ、まるを君。ちょっと私とお話ししてみない？　なんならちょこっと変身してくれてもいいのよ。本物のケルベロス、見てみたいわぁ」

エミリさんにおねだりされても、まるをはにへらと口を広げてとぼけた顔をしている。十年一緒にいた僕でさえ、話ができたのはわずか数回程度だし、ケルベロスの姿を拝めたのは二回きりしかない。女性に甘い声で囁《ささや》かれただけで、ほいほい応じられたら納得いかなかったので、取り敢えず安堵する。

後日クリニックでまるをの精密検査をしてもらう約束をして、エミリさんと別れ自室に戻った。

「あれ？　もう寝ちゃったのか？　まるを」

歯を磨いて顔を洗って、就寝の準備を終えてふと見ると、既にまるをは自分のケージの中で寝息を立てている。部屋で二人きりになったら、

「俺の秘密を洗いざらい、おまえにだけ話してやろう」

そんな風に語り掛けてくれる展開を期待していたけれど、やはり甘かった。今までまるをと会話ができたのはいつも突然で、大抵切羽詰まった状況下だった。そしてあっという間に、喋らなくなってしまうのが常だ。質問や疑問、聞きたいことは山ほどあるけれど、

その全部をまるをから、答えがもらえる日が果たしてくるのだろうか。

「まるを」

呼び掛けてみても、反応はない。こちらに向けられたままの黒い背中は、「うるせぇ、おまえも早く寝ろ」と語っているようにも感じられる。

「おやすみ、まるを」

いつもなら、「長生きしてくれよ」の思いを込めて掛けていた言葉が、今夜は少し違っていた。

「ギリシャ神話ではね」

エミリさんの言葉を思い出す。

「ケルベロスをはじめ多くの魔物を産み落とした、半人半蛇の妖女エドキナは、不老不死の存在だったとされているし、ケルベロスの兄弟と言われている百の頭を持つドラゴンのラードーンも、不死だと伝えられている。同じ血を引くケルベロスが、永遠の命を持っているとしてもおかしくはないよね」

ペットを看取《みと》るのは飼い主としての当然の責任。そう考えていたのに——。

もし本当にまるをが不死の存在だとしたら、自分はまるをを遺して死んでしまうのか。

それともそれより先に、いつかは再生が間に合わなくなった肉体を捨て、ケルベロスのまるをは僕の前から姿を消してしまうのか。

そのときを迎えた際、どちらが僕の胸の痛みは強いのだろうか。

大切な存在を遺して先に逝《い》く者と、愛する人に先立たれてしまう者。その悲しみは、どちらがより深いのだろうか。

この問い掛けを自分に向けるのは、父の死以来だった。

いつかその答えを、僕は見つけることができるのか。

布団に入ってもなかなか寝付けず、あれこれと考えこんでいるうちに、ふと脳内に、牛久保夫妻のミノタ氏の姿が浮かんだ。彼もまた、老いることのない魔界の存在。共に生きる妻ひとりだけが、年を重ねて弱っていく様を、彼はどう感じているのだろうか。あの、変わらない表情で——。

4

道を一本挟んであおば学園に入ると、町の雰囲気が一気に変わる。住宅街の家々はそれぞれが個性的なデザインで建てられ、想像される坪数の広さ、手入れの行き届いた生け垣など、見るからにハイグレードな町の印象だ。

「おかしいな、住所は確かにこの辺りなんだけれど」

行き交う車のほとんどが、左ハンドルの高級車だ。ただでさえ緊張しながらの運転なのに、道に迷いさらに焦りまで出てしまう。

「まるを、やっぱりここだ」

こじゃれた雑貨屋、美容室などが並ぶ一角に、ようやく目的の場所を見つけて、大家さんから借りたワンボックスを停める。

「EMILIE ANIMAL CLINIC」。流れるような細い筆記体で書かれた壁の赤い文字、ツタの絡まる白い壁。僕はまるをを連れ、隠れ家的なカフェのような外観の、エミリさんの動物病院の扉をくぐった。今日は予約をしていた、まるをの検査を受けに来たのだ。

予約診療のみの会員制クリニックだと聞いていたけれど、待合室は無人で受付にも人の姿がなく、呼び出し用のチャイムがぽつんと置かれているだけだった。

「これ、押しちゃってもいいのかな?」

勝手がわからず戸惑う僕には構わず、まるをはさっさと待合室のソファに飛び乗り、あくびなんぞして寛いでいる。常にマイペース。これぞまるをイズム。

とそこへ、

「悪いわね、力になれなくて。でも方法はあるんだから、気を落とさないで」

方法を」

「あ、なるほど。表情、ですか。豊かというか、すぐ感情が顔に出ちゃうタイプかもしれません」

ミノタさんが、ご自身の表情の乏しさを気にされていたとは知らなかった。

運転席の僕をずっと見ていたのは、僕の表情を研究していたからだろうか。ちょっと照れくさい。って、この顔ももしや観察されているのか。

「むしろいつもクールなミノタさんが、渋くてうらやましいです」

「そうか」

ミノタさんは、返しもクールだ。

「それと、化粧も教えてほしい」

「け、化粧？　メイクのことですか？　いや、僕はその知識はまったく」

話の飛躍にとまどう。ミノタさんが、求める先はなんなのか？

「年を取りたい。年を取った顔が欲しい」

ミノタさんの話を繋ぎ合わせ、その意図を見つけ出す。

「つまり、表情を豊かにして、見た目をもっと老けさせたいってことですか」

「そうだ」

どうしてそう考えるに至ったのか、ミノタさんの話をまとめるとこうだ。

自分の人間への擬態能力は未熟だ。特に顔。感情も、年齢による見た目も、変化を表すことができない。妻と一緒にいると、「親子」にしか見えなくなってしまった。言葉にしなくても、彼女も気にしていると思う。彼女の隣にふさわしい、年相応の顔になりたくて、「整形してくれ」とエミリ先生に相談しに行ったが、「無理だ」と断られた。獣医師に美容外科の執刀は不可能であるし、どこかほかで施術を受けることも勧められないと。何故なら、自分は半人半獣。人間に擬態した顔は、本物の人間とは皮膚や筋肉、血液の成分に違いがある。人間相手の整形手術を受けるのは、様々な意味でリスクが高いと。

「なるほど。それでエミリさんから『メイクで老け顔にしてみては』って、アドバイスをもらったんですね？」

「そうだ」

良かった。体の調子が悪いわけではなかったんだ、と安堵する。

「エミリさんから、『表情も豊かにしろ』って言われたんですか？」

「いや。それは、個人的な、希望だ」

否定肯定も素早く、言いたいこともはっきり短い言葉で伝えてくる。ミノタさんとの会話は、ある意味軽快だ。

「タエと、一緒に、笑いたい」

のろけにも近い台詞を、真顔で呟くミノタさん。彼の願いは、どれも奥さんの妙子さんと一緒にいることが前提なのに感銘を受けた。

五十年もの年月を共に過ごしたご夫婦の、不器用なご主人の願いを叶える手助けに、一役買ってでたい。

そう思った瞬間だった。

ミノタ氏改造計画を遂行するために、僕はその夜早速ミノタさんを町に誘い出した。

ミノタさんは妙子さんが、僕はまるをがしっかり寝付いたのを見届けてから、夜の緑ヶ丘の繁華街へと向かう。目指す目的地は、カシェット緑ヶ丘の一〇四号室に住む、獅子倉愛子さんのお店「スナックあれくさんどら」である。

「なるほどね、『老けメイク』を教えてほしいってことね？」

ママの愛子さんは、ノリノリで相談に乗ってくれた。あらかじめ電話で訪問の理由を告げておいたので、お店は僕らで貸切り状態。思う存分秘密の会話ができた。いつもばっちりメイクで綺麗にされている愛子さんなら、ミノタさんの悩みにもアドバイスをくれるのではと思ったのと、ここへ足を運んだのにはもうひとつ理由があった。

「例えば、アレクサンドラに人間の化け方を徹底的に指導してもらって解決できるのなら、より理想的だと思うんですが」

アレクサンドラは愛子さんが飼う、普段はペルシャ猫の姿で暮らす妖怪・猫又だ。日本古来の妖怪が何故、日本猫ではなくペルシャ猫で、横文字の名前がつけられているのかは謎だけれど、アレクサンドラは、お店の繁忙時には人間に姿を変えて、愛子さんの右腕になって働いている。あの完璧な化けっぷりの秘策を、ミノタさんに伝授してもらえれば。

「あー、それはもう、一度試したことがあるのよねぇ」

「そうなんですか？」

苦笑いの愛子さんの態度から、その試行は失敗だったのではと想像された。

「ウチの子は魔法の呪文や杖で、人間に化けているわけではないからね。ゴルフのスイングや野球のフォームを教えるのとは、事情が違ったのよ。持って生まれた妖力を、元々まったく種族の違うミノタさんに教えても、効果なかったのよねぇ、残念ながら」

「あれは、無駄な、時間だった」

「ち、ちょっと、ミノタさん！　言い方！」

歯に衣着せない台詞を咎《とが》めたけれど、カウンター席の隣に座ったミノタさんは、まるで他人事《ひとごと》のような顔をして、ギリシャのリキュールだというお酒をオリーブの実をつまみに飲んでいる。いや、顔に表れないだけでこの人は、内面では色々考え、感じている。そうでなければ、大切な人のために仕事まで辞めて、そばにいようとしないだろう。自分を変えようと、努力したりしないだろう。

「大丈夫大丈夫。あたしたちはこの人の物言いには、慣れているから。ね、あーちゃん」

仕事を終えて、猫の姿に戻ってソファで寛ぐあーちゃんこと、猫又のアレクサンドラが、同意するかのように二本に分かれた、ふさふさの銀色の尻尾を優雅に揺らしている。

「そうね。不器用なミノタさんの自己流でメイクさせたら、とんでもないことになりそうなのは目に見えるわね。任せといて。愛子さん、協力しちゃうわよ」

「ありがとうございます！」

ミノタ氏改造遂行チームに、愛子さんという強力な助っ人が加わった。

「それにしても、愛しい妻の隣にふさわしい男になりたいだなんて。ミノタさん、見直しちゃった。素敵だわ」

愛子さんに褒められても、ミノタさんの表情は変わらない。なのに、

「うふ。ミノタさん、照れてる」

嬉しそうに、愛子さんは言ってくる。「どこが？」と困惑する僕に気づいたのか、愛子さんがこっそり耳打ちしてくれた。

「ミノタさんはね、照れると鼻の穴がちょっと膨らむの」

「そうなんですか？」

横目で隣のミノタさんをちらりと見たけれど、僕らの会話が聞こえていたのか、視線を避けるようにぷいと顔を背けられてしまった。

愛子さんの指摘が、図星だったのだろう。

なんだか、可愛い。

思わずそんな風に感じてしまう、ミノタさんだった。

5

マンションの玄関前につけられたタクシーは、車椅子に乗ったままの利用が可能な、客室の広い車種だった。

タクシーを下車した牛久保夫妻が、リフォームの済んだエントランスのスロープを使って帰宅する。

「おかえりなさい」

管理人室の窓を開け、声を掛けると、

「こんにちは。だいぶ秋らしくなってきたわね」

ご主人のミノタさんが押す、車椅子に乗った妙子さんが笑顔で返してくれた。

彼女の言うとおり、九月も半ばを過ぎて、空の高さや日差しの柔らかさに、季節の変化を感じるようになっていた。

月日の流れに伴い、杖を使いながらも自分の足で歩けていた妙子さんは、ほぼ車椅子の生活になってしまった。変わらない笑顔で、明るく振る舞ってはいるけれど、体力の衰えの進行が、車椅子に預けきった身体から見て取れた。

病院からの帰りだろうか。ご夫婦二人での姿は、久しぶりにお見掛けした気がする。愛子さんからアドバイスを受け、見た目年齢を上げることに尽力したおかげか、ミノタさんは以前よりだいぶ年齢が進んだように見える。かんなちゃんの協力も得て、白くメッシュを施した髪と、目元に入れた皺の加減が絶妙である。アイメイクに関しては、当初は油性ペンで書いちゃったんですか？　と言いたくなるような不自然さだったけれど、美の伝道師・愛子さんの根気強い指導によって、ナチュラルな皺に見えるようになったのには感心してしまった。けれど、

「ミノタさん、お風邪ですか？」

ミノタさんの顔の下半分は、マスクで覆われていた。季節の変わり目は、何かと体調を

崩しやすい。半人半獣の彼であっても、風邪をひくこともあるのかもしれない。

「いや。少々、やり過ぎた」

目の前で外された、マスクの下のミノタさんの両頬から口元にかけて、赤黒い痣《あざ》が浮かび上がっている。

「ああっ、内出血しているじゃないですか！」

愛想のない男からの脱却を図るため、まずは表情筋を柔らかくしましょうと、愛子さんはミノタさんに顔のマッサージを勧めていた。

「目や口の周りは皮膚が薄いから、力を入れ過ぎないように」

そう注意されていたにもかかわらず、全力を込めたかの勢いで変色してしまっている。

「痣は怪我と同じですからね。しっかり冷やして炎症を治めると、戻りが早いですよ」

「了解した」

マスク姿のミノタさんを見上げていた、車椅子の妙子さんが、いたずらな笑みを浮かべながら僕に呟く。

「しょうがないの。この人、赤い布がなくっても、こうと思い込んだら突き進んじゃうのよ。ほら、半分アレだから」

……アレ。闘牛士が操る赤い布に突撃する、猛牛の姿を思い浮かべる。「猪突《ちょとつ》猛進」ならぬ「牛突《ぎゅうとつ》猛進」だ。

「そういえば、荷物をお預かりしています。宅配ボックスに入りきらなかったみたいで」

カシェット緑ヶ丘の共有部には、不在時でも宅配便などの受け取りや保管ができるロッカー型の宅配ボックスが設置されているが、荷物の数が多かったりサイズが大きすぎたりする場合は、管理人室で預からせてもらっている。

牛久保夫妻の外出中に、ミノタさん宛ての段ボールが四つ届いていた。

「了解した。すぐに、取りに来る」

「またあれこれと、何を買い込んだの？」

「秘密だ」

「あら、そんな子どもみたいなこと言って」

口元の前で両手を合わせ、クスクスと笑う妙子さんも、まるで少女のようだった。

「ひとりじゃ無理ですよ。手伝いますよ」

荷物を取りに管理人室に戻ってきたミノタさんが、段ボールを四つまとめて運ぼうとする姿に慌てて声を掛ける。

「すまない」

張り切ってふたつ重ねて持ち上げようとしたけれど、なかなかの重量にひるむ。

「無理をするな。ひとつだけ、頼む」

「す、すみません」

積み上げた三つの段ボールを、バランスを崩さず難なく運んでいくミノタさんのあとを追う。ひとつでも十分重い荷物を抱えて、足取りがふらつく僕を、

「ぶふぅ」

管理人室の窓から顔をのぞかせたまるをが、鼻で笑っている。

今度は僕が、ミノタさんから肉体改造のトレーニングを受けるべきかもしれない。


「一本、持っていくがいい。礼だ」

二〇五号室まで荷物を運び入れると、箱のひとつを開けたミノタさんが、中から一本の瓶を取り出し、僕に差し出した。

「いや、ほぼミノタさんが運んだのに、そんな申し訳ないです」

と言いつつも、つい受け取ってしまった。ずっしりとした立派なガラス瓶入りのりんごジュースが、見るからに美味しそうで。

「あら嬉しい。取り寄せてくれたの？」

車椅子を操って、玄関先まで妙子さんが姿を見せた。バリアフリーのリフォームが済んだ二〇五号室の室内は、段差が解消されているので、移動も安心だ。

「私の生まれ故郷の名産なのよ。猿渡さんも是非飲んでみて。美味しいから」

瓶のラベルには、「信州りんご」の文字が躍っている。

「こっちはなぁに？　まあ、すごい。畑ごと送られてきたみたいね」

次にミノタさんが開いた段ボールには、トマトに人参、葉物《はもの》に根菜《こんさい》、色とりどりの野菜が詰められていた。それぞれを手に取り、じっくり眺めるミノタさんはシェフの目になっている。

「私の食が少しでも進むようにって、色々取り寄せて作ってくれているの」

「そうなんですね」

「それにしても、頼み過ぎよねぇ。そうだ。猿渡さん、お昼ごはんまだよね？」

「あ、はい。ホントだ。もう十二時になりますね」

「良かったら、ご一緒しない？　今日はうちの人が、腕をふるってくれるから」

「いやそれは」

「遠慮は、無用だ」

段ボールを運んでいたミノタさんも、妙子さんの提案に同意してくれた。

「黒い犬も、連れて来い。いい肉が、ある」

「やぁねぇ、そんな呼び方。ええと、猿渡君のワンちゃん、お名前は？」

「『まるを』です」

「じゃあ、まるを君も一緒に。ね？」

まるをと過ごせば、妙子さんにとってもアニマルセラピー的な効果はあるだろうか。ミノタウロスのミノタさんと暮らしていること自体、アニマルセラピーかもしれないけれど、フレブルの癒しパワーは、他に抜きん出ていると僕は思う。多少親バカ精神は入っているけれど。

「では、お言葉に甘えて」

ありがたくお誘いを受けることにした。「いい肉」に目を輝かせる、まるをの姿が目に浮かび心が弾む。

とことん僕は、親バカだ。


「どれもホント最高です。ギリシャ料理、はじめて食べました。めちゃくちゃ美味しいです」

「まあ嬉しい。お口に合って良かったわ」

薄型の丸いパンに、たっぷりの具を挟んだサンドイッチ。ギリシャのファストフード的なメニューだという「ギロ・ピタ」は、スパイスが効いた薄切り牛肉をメインに、トマトに玉ねぎの山ほどの野菜、そしてヨーグルトベースのソースが見事なアクセントとなっている。

デザートに出してくれた「バクラヴァ」は、薄いパイ生地と何種類ものナッツを幾層にも重ねて焼き上げたものに、たっぷりのシロップがかけられ、脳髄《のうずい》まで染みわたる甘さが強烈だけれど、粉ごと煮出して上澄みを飲む、苦みとコクが絶妙な、ギリシャ・コーヒーとの相性が抜群だった。

「どれもね、私のお気に入りなの」

そう妙子さんは言いつつも、二口三口美味しそうに口にしたけれど、多くは食べきれずにいるようだった。

「ごめんなさいね。リクエストしたのは私なのに」

「問題ない。残りはスープにでも、冷凍にもできる」

皿を下げ、後片付けへ席を外したミノタさんを、「ごちそうさま」と妙子さんが見送る。

「まだ『バックパッカー』なんて言葉が、日本で聞かれなかった時分の話よ」

ミノタさん不在のリビングで、妙子さんが聞かせてくれたのは、牛久保夫妻の馴れ初《そ》めについてだった。

妙子さんの膝の上には、ミノタさんが特別に作ってくれた薄味の牛肉そぼろご飯をたらふく食べたまるをが、まったりと寛いでいる。二杯目のコーヒーをごちそうになりながら、僕は妙子さんの話に耳を傾けた。

二十代の頃の妙子さんは、非常に好奇心旺盛な女性で、アルバイトをしてお金が貯まると、リュックひとつで海外をあちこち回っていたという。

訪れた欧州・ギリシャの地。屋台ではじめて食べたギロ・ピタにはまり、毎日通い詰めた。その屋台の店主がミノタさんだった。ギロ・ピタの味だけでなく、無骨ながら真摯《しんし》な仕事ぶりの店主に急速に惹かれた妙子さんは、もっと親しくなりたいと、彼のあとをつけた。

「『若さ』を理由にしたとしても、あまりに無謀で非常識な行為だったたって思うけれど」

森の奥にひっそりと建つ、古びた小屋へと店主は帰っていった。扉を叩いてもいいものかと迷いながら、小屋の周りをうろついていると、中の様子がのぞけそうな窓を見つけた。いけないとは思いつつ、好奇心には勝てず中をうかがうと、既に見慣れた白いシャツを着た店主の逞しい背中が見えた。

彼女の気配に気がついたのか、彼がこちらを振り向くと──

「驚いたのなんのって」

視線の先に立っていたのは、牛の頭を持つ怪物だった。黒光りする肌。額から生えた角。髪の間から飛び出した耳の位置も形も、牛のそれに変わっている。

「でも、おかしなことにね」

目の前の異形の生物に、恐怖よりも興奮の感情が強く湧いたという。世界を旅して、まったく知らなかった異国の文化や歴史に触れたときのような感動。未知との遭遇。

近づいてきた異形が、窓を開け、人語を発した。

「ここで、何をしている」と。

言葉数は少なかったが、低く太いその声は、ギロ・ピタの店主の声に間違いなかった。

彼は異形の怪物だった。その衝撃と、家まであとをつけ、さらにのぞき見までしていたことへの罪悪感で、逃げ出そうとしたところ、

「私ったらね、木の根っこにつまずいて、足をくじいちゃったの」

動けずにいた彼女の元に現れ、助けてくれたのは、人間に再び姿を変えた店主だった。

彼は無言で、怪我の手当てをしてくれた上、彼女が歩けるようになるまで、食事と寝床まで提供してくれた。

「すっかり胃袋をつかまれちゃったのよ」

彼の作る料理はどれも美味しくて、足の怪我が癒えても、理由をつけて居座っていた彼女に、

「この小屋で見たことは誰にも言うな」

彼は別れを匂わす言葉を告げ、追い出そうと試みた。けれど彼女は、

「心配だったら、ずっとそばで監視したら」

思い切って、そう告白した。後先のことなど一切考えずに。きっとここで別れたら、もう二度と会えない。それはどうしてもイヤだった。

以来、連れ添って五十年。

「じゃあ、妙子さんの逆プロポーズってことじゃないですか⁉」

「どうかしら？　あの人は五十年間、ただずっと『監視』しているだけなのかもしれないわよ」

照れ隠しか、妙子さんはそんなことを言う。

その後も、二人の出会いからはじまって、この夏台湾からやってきたモシナのトントンちゃんのように、人間の戸籍を作り日本へ渡ってくるまでのひと騒動。日本で目覚めたラーメン道の探求。念願のラーメン店のオープン。興味深い話の数々が、思い出をたどるよ

うにして、妙子さんから語られていく。

お昼を終えたばかりなのに、今度は夕食の仕込みをはじめるというミノタさんは、リビングから見えるカウンターの向こう、牛久保家のキッチンに籠もったままだった。僕のアドバイスどおり、肌の炎症を治めるために、両頬に貼った冷却シートがやけに目に付く。

「あれもね、私がわがままを言ったせいなの。『一緒に写真を撮りたい』ってお願いしたら、『少し時間をくれ』なんていうから。何をするのかと思ったら」

ミノタさんが突然、見た目の改造計画に走り出したのは、そういう理由だったのか。

「これを見て」

首から下げていたペンダントを外し、妙子さんが僕に差し出す。鎖の先の銀色の楕円の飾りが開くようになっており、中には一枚の写真が入っている。

「二人で撮った写真がね、これ一枚しかないの」

ミノタさんのパスポート用の写真の撮影時に、嫌がるミノタさんに頼み込み、二人の写真を一枚だけ撮ることができたのだという。

頬もふっくらとした少女のような妙子さんの隣に写るのは、髪を染め老けメイクにチャレンジする前と、全く変わらないミノタさんだった。

「写真は、自分の本当の姿を写しだしてしまうんじゃないかって、ずっと敬遠してたのよね。でも、ようやくまた一緒に撮ってくれるって約束してくれたの」

五十年ぶりのツーショット。そのために、ミノタさんはあんな努力を――。

「それは、楽しみですね」

どんな写真になるのだろう。痣になるほどマッサージを頑張った成果で、ミノタさんもにっこり笑顔で妙子さんの隣に写ることができれば、僕も嬉しい。

「……私があの人にわがままが言えるのも、もうあと何回もないだろうから」

目を伏せて、ペンダントの写真を見つめる姿に、僕は返す言葉を失う。妙子さんの病気の進行は、そんなにも深刻なのかと。

「ごめんなさいね。なんだかついつい、思い出話をしたくなっちゃって。これもあれかしら？　人生の走馬灯《そうまとう》みたいなものなのかしらね」

走馬灯。死の間際に、己の人生がフラッシュバックされるというあれか。

どう答えていいかわからずに、カップに残ったギリシャ・コーヒーの粉が描いた模様を眺めていると、しばしの沈黙を破り、妙子さんの膝の上のまるをが、突如顔を上げフガフガと賑やかに鼻を鳴らしはじめた。

「どうした？　まるを」

まるをに倣って、僕もフンフンと鼻を利かせる。

「あぁ、ホントだ。なんかいい匂いがするな。ブイヨンかな？」

煮込まれた野菜の甘い香りが、リビングまで届いてくる。ミノタさんの今夜のレシピは何なのだろう？

「ミノタさんのお店のラーメンも、めちゃくちゃ美味しかったけれど、色んな料理がお得意なんですね」

話題を変えようと、努めて明るく言ってみる。

「そうなの。特に牛のお肉を使った料理のレパートリーは、すごいわよ。美味しく食べてあげることが、供養になるんですって。あの人、料理しているときが、何より生き生きしているのよね」

表情の違いは、申し訳ないがわからなかったけれど、「みのきち」の厨房で湯切りのザルを振っていたミノタさんの目の真剣さは、よく覚えている。

「なのに」

妙子さんの表情に、影が落ちた。

「店を畳んでしまうなんて、考えもしなかったわ」

妙子さんの看病に、専念するための閉店だと聞いていた。でもそれは、彼女が望んだ形ではなかったのだろうか。

まるをの背中を撫でながら、妙子さんがため息と共に呟いた。

「そろそろ、自由になってもいいと思うのよね」

ひとりごとのようにこぼした妙子さんの言葉が、何故かいつまでも、僕の耳に残っていた。

【ミノタウロス】

管理人室に戻って、デスクワークの雑務を片付けた僕は、ふと思い立ってパソコンを立ち上げた。検索ボックスに入力した片仮名六文字は、僕がカシェット緑ヶ丘に住むことがなかったら、わざわざこんな風に調べる機会のなかった言葉だろう。

すべてを追いかけるのは難しいほど、ネットには「ミノタウロス」に関する情報があふれていた。出典とされているギリシャ神話についてだけでなく、絵画や漫画、ゲームやアニメなどの創作物にも多く登場している「ミーノース王の牛」を意味するミーノータウロスことミノタウロスに関してだが。

はちきれんばかりの筋肉で覆われた身体、尖った角に怒りに満ちた表情の牛頭、手にするのは身の丈ほど長い柄《え》の両刃の斧《おの》。各サイトに掲載されているミノタウロスの絵やイラストと、彼にまつわる伝説は、どれも類似している。

その凶暴さゆえに王によって迷宮に幽閉され、定期的に供えられた生贄《いけにえ》の人肉を食らって生きていたミノタウロスは、英雄・テセウスによって退治されてしまう。

でも、ミノタさんはここにいる。カシェット緑ヶ丘の二〇五号室で、奥さんと静かに暮らしている。長い年月が、暴れ者であった彼の性格を柔和に変えていったのか。それとも、伝えられてきた逸話が、そもそも間違っていたのか。

「教えてくれよ、まるを」

ケルベロスも、ギリシャ神話で語られる魔物だ。冥界の番犬が、わずか十五戸のマンションの管理人室でのんびり昼寝しているだなんて、神話学の研究者に伝えたら、どんな騒ぎになるだろうか。

風言風語《ふうげんふうご》。ネットやテレビに流される、悪質なデマや噂。神話がそれと同じだとは言わないけれど、僕はこの目で見て身体で触れて感じたものだけを信じたい。

僕の知る、ミノタウロスの牛久保稔太氏は、真面目で勤勉で、ちょっと不器用だけれど一途でまっすぐな人物だ。病気の妙子さんを支えようと、ひたむきに努力する姿には胸を打たれる。

今僕が憂《うれ》うのは、そんな二人の日々が、間もなく終わりを迎えようとしていることだった。

先立つ者と遺される者。その悲しみのベクトルが、重なり合うことはあるのだろうか。

自由になってもいい——。

何かを悟ったように呟いた妙子さんの真意を、僕は測りかねていた。

6

「ミノタさん、ちょっと顎引いてみて。いやいやいや、それじゃ引きすぎ。のめり込んじゃっているよ、首に」

牛久保夫妻の五十年ぶりのツーショット写真のカメラマンは、大家さんの手に委ねられた。

二〇五号室に運び込まれた、三脚にスタンドライト、一眼レフのカメラなどの機材は、すべて大家さんの私物。「一時期凝ったことがあってね」とさらりと語る、大家さんの多才っぷりには脱帽である。

「猿渡君、ライトを私に向けてどうすんのよ。主役はあっち！」

「す、すみません」

助手を頼まれて、喜んで引き受けたものの、思いのほか本格的な撮影にもたつき、気づかぬうちに手持ちの照明で、大家さんの広々とした額を輝かせていた。

「コラまるを。うろちょろして邪魔するなら、部屋に連れて帰るぞ」

まるをを気に入ってくれた妙子さんから、「是非一緒に」とお誘いをもらって今回も連れてきたけれど、煌々《こうこう》と照らされたライトや壁に吊るされた背景用のシートで、普段とは違う周囲の雰囲気に興奮してか、まるをはハッハッと息遣いも賑やかに、あちこち跳ね回っている。

「仁太郎君たら、こんなに本格的でなくても、ささっと撮ってくれれば十分だったのに」

そう言いながらも、今日の妙子さんは、普段より華やかに着飾っている気がする。髪もふんわりセットされ、メイクの力かもしれないが、顔色もすこぶる良い。肩に掛けたレモン色のカーディガンが、さらに肌の色を明るく見せている。

そして驚くべきは、ミノタさんの見事なイメチェンぶりだ。シルバーの髪色は地毛《じげ》のようにしっくりと、メイク用のペンシルで描き込んでいたはずの顔の皺も、この三週間ほどの間で肌に刻み込まれたかのように馴染んでいる。さらにＹＵＤＡさんからアドバイスを受けて買い揃えたという、Ｖカットのニットに羽織ったブルーのジャケットと、ブラックパンツのコーディネートが、落ち着いた大人の男の魅力を、存分に引き立てている。

二人が並んだ姿は、長年連れ添った夫婦そのものである。

「ミノタさん、頑張ったものね。これくらい気合入れて撮らないと」

張り切る大家さんだけれど、最初に僕が今回の相談を持ち掛けた際は、大きく落ち込んでいた。牛久保夫婦の写真撮影は、当初は緑ヶ丘の写真館を予約していた。けれど妙子さんの体力的な問題で、長時間の外出が難しくなり、ならば二〇五号室で撮影を敢行しようという流れになったのだが、

「……妙子さん、随分と病状の進行が早くなっているようだね」

「仁太郎君」と、親しく下の名前で呼ばれるほどに、牛久保夫婦と長年の付き合いの大家さんにとっては、妙子さんが外出もできないくらい弱ってしまっている事実が、こたえたのだろう。

「二人のことは、私ら兄弟は子供の頃から知っていたからねぇ」

ミノタさんの来日の際のあれこれの手配や、日本に来てからの様々なフォローを、貿易業で世界各国を飛び回っていた大家さんのお父さんが、手助けをしていたのだという。

「どうしようもないことだけれど、やっぱり寂しいねぇ」

僕の前では、そんな風に肩を落としていた大家さんも、ここではそんな感情を隠して、明るく振る舞っている。

「レンズよりもね、ちょっと上の方に視線くださいね。そう！　そんな感じ。ああ、ミノタさんいいね！　すごくいい笑顔ですよ！」

「笑顔」と呼ぶには大分硬さが感じられるものの、車椅子の妙子さんに寄り添うミノタさんの鼻の穴が、ちょっと膨らんでいるのを、僕は見逃さなかった。

「出来上がりが楽しみだわ」

妙子さんの体調を鑑《かんが》みて、撮影は大家さんによって素早く行われ、無事に終了した。

「プリントはプロ御用達《ごようたし》のラボに頼みますね。品質がまるで違いますから」

写真の仕上がりサイズや枚数、額のデザインを、大家さんと妙子さんが相談している間に、

「何か、お手伝いできることはありますか？」

既に着替えを終えて、キッチンに立つミノタさんに声を掛けた。

「問題ない。客人は、座っていろ」

撮影のお礼にと、今夜はミノタさんが厳選して仕入れてくれた牛肉で、すき焼きをごちそうしてくれることになっていた。前回お邪魔したときも、食べるだけ食べて片付けも何もしなかったのを反省し、手伝いを申し出たけれど、

「わかりました。何か手が必要だったら言ってください」

てきぱきと仕込みをこなすミノタさんの動線を、僕が立ち入ることで邪魔をしてはいけないかもと、素直に待機させてもらう。

「むっ」

ただならぬ声に振り向くと、ミノタさんが冷蔵庫の前で仁王立ちしている。

「どうかしましたか？」

「……卵が、足りぬ」

ボウルに取り出された、赤茶色の卵。その数は三つ。

「じゃあ、買ってきますよ」

買い物くらいなら僕にもできると張り切ったけれど、

「いや、自分が行く。すき焼きの、決め手は、卵だ」

ミノタさんは有無を言わさず、

「出てくる。タエを、頼む」

そう言い残して、風のように玄関から出て行ってしまった。

「あの人、出掛けたのかしら？」

閉まる扉の音に気づいたのか、妙子さんが尋ねてきた。

「はい。卵を買っていらっしゃるそうです」

親鶏の飼育状況や、餌や水、こだわりのある卵をご所望なのだろう。選び抜かれた食材による今宵のメニューに、ついつい心を躍らせていると、

「……そう。丁度良かったわ。ねぇ、仁太郎君。まだ、あの人には話していないんだけれどね」

何やら改まった口調で、妙子さんが切り出した。

「私、ここを出て行こうと思っているの」

自分はもう長くはない。

身体を蝕《むしば》む病に対して、この先手術や放射線治療や化学療法などを選択せずに、生まれ故郷の信州にある、緩和《かんわ》ケアを目的とする施設への入居を考えている。

そう語る妙子さんに、僕と大家さんは困惑を隠せなかった。妙子さんは「私」と言った。

「私たち」ではなく「私」と。

「そ、それって、お二人でってことですよね？　ミノタさんもご一緒ですよね？」

何故、ミノタさんが不在の今、この話題を出したのか。くすぶる不安を吹き消したくて、妙子さんから「もちろん」の言葉を期待する。

僕の問い掛けに、妙子さんは小さく微笑むだけで、答えを返してはくれず、

「仁太郎君、あなたに頼みがあるの」

僕ではなく、その視線は、大家さんに向けられた。そして、

「私に関する記憶を、あの人から消してほしいの。サルガタナスの力を使って」

驚くような願いを口にした。

「せっかく撮ってくれて申し訳ないけれど、二人の写真も彼の手元には残さないでほしいの。私の存在がわかる、すべての物を含めて、全部処分してもらいたいの」

「な、何を言っているの、妙子さん。ど、どうしていきなりそんなことを」

動揺する大家さん。僕だって同じだった。衝撃的過ぎて声が出ない。記憶を消してほしいだなんて。二人の思い出を？　五十年のすべてを？

「だって仁太郎君。あの人の人生は、これからもずっと続くんでしょう？　私と暮らした時間の、何倍も何十倍も。私と出会うまでにも、想像もつかないような時間があったように、この先もずっと」

古代ギリシャの時代から語り継がれていたという、ミノタウロスが登場する神話。現代までの年月を考えたら、確かに五十年なんてほんの一瞬かもしれない。けれど、それと記憶を消してしまうことに、何の関係が？

「最近ね、考えてしまうの。私が先に逝ってしまったあと、あの人はどうなってしまうの

だろうって。抜け殻みたいになってしまうんじゃないかしらとか、いつまでも引き摺《ず》って立ち直れないままだったらどうしようとか。だけど一方では、そんなの私の勝手な思い込みで、あの人はあっさり現実を受け入れて、何事もなかったように生きていくのかもとか考えて……。でも、いくら想像したところで、私がいなくなったあとのことは、私にはわかりっこないでしょう?」

「そうですよ。それを悩んだって、しょうがないじゃないですか?」

なんとか説得しようとする大家さんに対して、否定の意味を込めてか、妙子さんはゆっくり首を横に振る。

「自由になりたいの。この葛藤《かっとう》を抱えたまま、最期を迎える勇気が、私にはないの。だから、私の意識があるうちに、あの人から私の記憶がなくなってしまえば、私だけじゃない、あの人も自由になれるでしょう? すべてを白紙にして、新しく別の生き方ができるはず。またお店をはじめたっていい。好きなことをしてくれればいい。誰かのためじゃなくて、自分だけのために。あの人は、私がいなくなっても、もうひとりじゃない。カシェット緑ヶ丘のみんなが、あの人を支えてくれる。そうでしょう?」

押し寄せる感情が、妙子さんの語調を強めていく。

「もちろんですよ。でもそれとこれとは話が……」

しどろもどろな大家さんに向かって、決意を込めた口調で妙子さんが告げた。

「あの人を、私から解放してあげたいのよ。私の、命があるうちに」

病気のせいか、小さく痩せてしまった妙子さんだったけれど、目の中の光は力強く、その思いを訴えてくる。

「妙子さんの気持ちは、よくわかりました。……でもね、それはできません」

額に汗まで浮かべてオロオロとしていた大家さんが、きっぱりと妙子さんの願いを拒んだ。

「記憶を操作できるサルガタナスの力は、人間に対してのみ有効な魔力です。半人半獣のミノタさんには、効果は期待できません。というより、そもそも彼の意見も聞かずに、こんなこと了承できるわけがない」

そのとおりだ。人間だろうと魔獣だろうと、ミノタさんは意思のあるひとりの存在だ。そんな彼の記憶を奪ってしまおうなどという相談を、彼不在の場ですることも間違っている。消そうとしているのはたかが数分の「記憶」ではない、五十年分もの「思い出」なのだ。

とそこへ――

「まるを？」

タタタッと小さな足音を立てて、突然まるをが駆け出した。玄関へと続くドアが、半開きになっている。いったいどこへ行こうとしているのか、あとを追おうと立ち上がると、

「……どうして？」

車椅子の妙子さんの両の目が、大きく見開かれた。

まるをにズボンの裾を引っ張られて、ドアの影から現れたのは、卵を買いに出ていたはずのミノタさんだった。

「財布を、忘れた」

無だ。声に込められた感情も表情も、いつにも増して「無」で、何ひとつ読み取れない。

なのに、

「どこまで、聞いていた？」

何故妙子さんには、ミノタさんが話を聞いていたことがわかったのか。

「それが、タエの、望みか？」

妙子さんはミノタさんのまっすぐな視線を、逸らさずにしっかり受け止めている。否定も肯定もしない。いざ本人を目の前にして、「自分との記憶を消してくれ」などと口にすることに、ためらいを覚えているのかもしれない。

「タエが、望むのなら……、自分は、自分は……」

言葉を詰まらせたミノタさんが、歯を食いしばるように強く口を結ぶ。

「ミノタさん！……手！」

どれだけ強い力で握り締めているのか。ミノタさんの両手拳から、ポタポタと赤い血が流れ落ちている。さらに、

「……なんか、揺れていないかい？　地震？」

大家さんの言うとおり、足元からビリビリと震動が伝わってきた。

この揺れもまさか――。

「ううっ……、ううう……、うぉぉぉぉーーっ」

「ミ、ミノタさんっ⁉」

ミノタさんの両腕、そして太ももの筋肉が、風船に空気を吹き込んでいくかのように、膨らんでいく。赤黒く変色していく肌、額に盛り上がった二つの突起は、まさか角か？全身から蒸気のように、白い煙が吹き出す。僕らの目の前で、ミノタさんが、ミノタウロスに変化していく。

「猿渡君！　この揺れは、恐らくミノタさんの身体から放出される波動が原因だ。何とかして止めないと！」

次第に激しくなっていく揺れに、妙子さんの車椅子が勝手に動いてしまわないようにと、

必死に抑える大家さんが、僕に指示を飛ばす。

「な、何とかって……」

「落ち着いて！　ちゃんと話をさせて！」

妙子さんの懸命な掛け声が、部屋中の振動によって起きる耳鳴りの中、途切れ途切れに聞こえてくる。

「う、ううう、うぅっ、うぐぅっ……」

苦悶の声を上げるミノタさんが身に着けている服が、はちきれんばかりに成長した筋肉によって、まるで紙切れのように引き裂かれていく。身の丈は既に、二〇五号室の天井に届きそうなほど巨大化しているミノタさん。放っておいたら、この部屋は彼によって破壊されてしまうのでは――。

「うぉぉぉぉぉぉーーっ」

ミノタさんが、咆哮にも似た叫び声を上げる。その音が衝撃波になったかのように、リビングの窓ガラスに、大きくひびが入りはじめた。

「危ない！」

そのままガラスが割れてしまえば、車椅子の妙子さんと大家さんが破片を浴びてしまう。考えるより先に身体が動いた。二人の前に、僕が飛び出した瞬間、

「わっ！」

破損したガラスの破片が、四方に飛散し、左腕をかすめた。

「待って！　どこに行くの⁉」

妙子さんの叫びに顔を上げると、黒い巨軀が身を翻《ひるがえ》し、玄関から重い足音を響かせて走り去る姿が見えた。

「ミノタさん！」

ドンドンと、一歩ごとに縦揺れを起こす足音が、ガンガンという金属音に変わる。音の移動する方向から考える。ミノタさんの行き先を。

「非常階段を使って、屋上に向かっているね」

大家さんの推理は、僕の予想と同じだった。

「仁太郎君、あの人はどうなってしまうの？　こんなこと、はじめてで」

「抑えきれなくなった感情が暴発して、本能を呼び起こしてしまっているんだと思います。早く落ち着かせないと」

大家さんが天井を見上げる。吊るされたライトが、スイングするように揺れている。

「ミノタウロスの感情の波動が、こんなにも威力があっただなんて」

窓の外からゴォーッと突風が吹いたような音が聞こえてきた。ミノタさんが、風まで巻き起こしているのだろうか？

「とにかく、屋上へ行ってみます！」

「頼んだよ猿渡君。私はすぐに、エイドリアンを使って屋上に帳《とばり》を下ろすよ」

「とばり？」

「カーテンみたいなものだよ。ミノタさんの姿が外部から見えないように、屋上を覆ってしまうんだ。あと、管理人室に寄って、全室にアナウンスを入れておくよ。揺れはマンション全体に起きているだろうから、その説明と、不用意に屋上に上がらないようにって」

「お願いします！」

大家さんはあたふたとよろめきながらも、とにかく急げと玄関を出て行く。

割れたガラス窓から、再び大気を震わす轟音《ごうおん》が響いてきた。音は上空から聞こえてくる。やはりミノタさんは、屋上にいる。

「待って、猿渡君」

駆け出そうとした僕を、妙子さんが引き留めた。差し出された手には、白いハンカチが握られている。

「これを使って。腕から血が出ているわ」

ガラスの破片がかすめたときか。左ひじの近くに血がにじんでいたけれど、こんなの大したことはない。

「そのハンカチは、ミノタさんに渡してあげてください」

ミノタさんは両手から流血していた。かすり傷の僕より、ハンカチは彼に必要だ。

「……そうね」

ハンカチに視線を落とした妙子さんが、ふっと顔を上げて僕に告げた。

「じゃあ私も、一緒に行くわ。あの人のところに」

「えっ？　屋上にですか？」

「ハンカチを渡してあげてくれ」とは言ったものの、今、ミノタさんが感情をコントロールできずに暴走しているのは、妙子さんの発言が発端なのだ。この状況で、妙子さんを連れて行くのは、さらに火に油を注いでしまうことにならないだろうか。

戸惑う僕に、ゆるぎない意志を込めた力強い頷きで、妙子さんが答える。

「ばうっ」

いつの間にそこにいたのか。まるをが玄関に続くドアの前で、「早くしろよ」とでも言いたげにこちらを見ている。

そうだ。考えていたってしょうがない。行動に移さねば。

「わかりました。一緒に行きましょう」

信じよう。

ミノタさんと妙子さんの五十年の絆が、この事態を解決してくれることを――。

7

ドーン、ドーンと、屋上に連続で落雷を受けているかのように、落ち着いたかと思うと、再び大きな揺れが襲って来る。

「ダメだ。止まっている」

妙子さんの車椅子を押して、エレベーターホールまで出てきたけれど、揺れを感知してか、エレベーターは非常停止してしまっていた。

でもたとえ動いていたとしても、こう頻繁に揺れがくるようだったら、エレベーターに乗るのは危険だろう。

「階段で行きましょう。大丈夫よ、まったく歩けないわけじゃないんだから。猿渡君、肩を貸してくれる？」

そう言って立ち上がろうとするけれど、どう見たって妙子さんの足元はフラフラと心許《こころもと》ない。

「妙子さん、肩じゃなくて背中に」

カシェット緑ヶ丘が高層マンションでなくて良かった。屋上までたかが二階。僕が背負っていこう。

「でも……」

「さあ、早く！」

やり取りを交わしている間も、建物を揺らす衝撃音と震動は止まらない。

躊躇しつつも、僕の背におぶさった妙子さんの身体は、想像以上に軽かった。病がそうさせたのかと、一瞬感傷的になった気持ちを捨て去り、階段を踏み出したその横を、黒い塊が駆け抜けていく。

「まるを！」

僕の呼び掛けに、踊り場で足を止めたまるをが振り返った。僕たちよりも先に、屋上に乗り込もうとしているのか。見下ろしてくる視線が熱い。

「ばうっ！」

ひと声吠えて、再び駆け出す。見えなくなった背中に向かって、

「頼んだぞ！　まるを！」

咄嗟《とっさ》に言葉が口から出た。なんの確信もなかったけれど、まるをなら、僕の相棒なら、

なんとかしてくれるんじゃないかと、颯爽と駆け出したまるをの雄姿に願ってしまったのだ。

「取り敢えず、ここで待っていてください。状況を確認してきます」

開かれたままの屋上のドア。その隙間から垣間見ただけでも、カシェット緑ヶ丘の住民にとって憩いの場でもある屋上庭園が大変なことになっているのがわかる。

吹き荒れる風が、木々を激しく揺らしている。そしてあれが帳というやつなのだろうか。夜の空よりも深い闇が、上空を厚く覆っている。

妙子さんを下ろし、ひとりドアの先に進む。横殴りの風に、足をすくわれそうになりながら。

――グオォォォォォ

強風か、雷鳴かと思っていた轟音の正体が判明した。

見上げるような巨体のミノタウロスと化した、ミノタさんだった。苦しげに、切なく吠えるように声を上げるたび、彼の周囲に竜巻が巻き起こり、空気を引き裂く。畳のように巨大な蹄《ひづめ》で地団駄《じだんだ》を踏むたび、その場から浮き上がってしまいそうな衝撃が足元から突き上がる。

「まるを！　まるをー！」

先に屋上についているはずのまるをの姿を探す。この風で、吹き飛ばされてはいやしないか。けれど容赦なく吹く強風のせいで、満足に瞼《まぶた》を開けることができない。そこへ、

「しっかりしねぇか！　この不器用野郎！」

風の音など物ともしない、荒々しくも凜《りん》とした、よく通る声が辺りに響き渡った。

その声を合図にしたかのように、何故か風が一瞬弱まった。何が起きているのか、目を凝らす。咆哮を止めたミノタウロスのミノタさんの視線の先に、声の主を見つけた。

「いつまでもガキみたいに泣き叫んでねぇで、自分の言葉で語りやがれ！」

短い足を踏ん張り、天を衝くような身長の相手に向かってガンを飛ばす、黒毛のフレンチブルドッグ。

まるをだ。まるをがミノタさんを説得している。人語を操って。

「吠えて暴れて、それじゃあ迷宮に閉じ込められていた頃のおまえと、変わりねぇじゃねえか！　半人半獣の魔獣として生きるよりも、人間として生きる道を選んだのはおまえだろ！　だったらどうすりゃいいか、答えは明白だろうが！」

まるをの叱責を、ミノタさんは両腕をだらりと垂らし、静かに聞いているかに見える。

ミノタウロスにケルベロス。神々の時代から語り継がれる伝説に登場する彼らには、や

はり通じ合う思いがあったのか。

「来てるぜ、そこに。おまえのお姫様がよぉ」

不気味な風は止み、あれだけ続いていた揺れも治まった。まるをが短い首で振り返った先には、

「あなた」

屋上への出入り口の扉に身を預け、ミノタさんを呼ぶ妙子さんの姿があった。

「言いたいことは山とあるんだろう？　全部吐き出しゃあいいじゃねぇか」

魔物と化したミノタさんを前にしても、少しも怯えることなく、妙子さんはゆっくり歩みを進めていく。

「聞かせてちょうだい。あなたの気持ちを……」

「……タエ」

ミノタさんの身体に変化がはじまった。激しい運動を終えた直後のアスリートのように、全身から白い蒸気が上がる。そして、ビデオが逆回転するように、牛頭の獣人が再び人間の姿に戻っていく。

「あなた」

ミノタさんの元へ急ごうとした、妙子さんの体勢が崩れる。

「危ない！」

「タエ！」

僕が手を差し出そうとするより先に、妙子さんの身体を受け止めたのは、電光石火《でんこうせっか》の動きを見せたミノタさんだった。

「さぁ、話せよ。新たな神話は、おまえ自身が作れ」

まるをの言葉にミノタさんはひとつ頷くと、妙子さんを抱えたまま恭《うやうや》しくひざまずき、ゆっくりと言葉を紡ぎはじめた。

「……ワタシの幸せは、タエの幸せだ。タエが嬉しいこと、楽しいこと、喜ぶこと、全部がワタシの幸せだ。タエの願いは、すべて、叶えたい。……でもタエが、ワタシから、タエの記憶を、消し去ることを望んでいるとしても、それだけは、できない。その願いだけは、叶えてやれない」

振り絞るようにして、思いを告げるミノタさん。ひとつひとつの言葉を口にするたびに、苦悩で顔が大きく歪む。でもそれは、かつて見たことがないほど、人間的なミノタさんの表情だった。

「タエと、暮らすことを、一緒に生きると、決めたときから、誓った。人間《ヒト》の命は、短い。いつか先に、旅立つタエの、最期の瞬間まで、そばにいると。だから……」

ミノタさんが、言葉を詰まらせたとき、

「大河、よく見とけ。神話じゃ語られていない、記念すべき瞬間だぞ」

まるをの言葉どおり、驚くべきことが起きた。

「お願いだ。それ以外だったら、なんだってする。離れたくない。そばにいたい。頼む。最期まで、一緒にいさせてくれ」

ミノタさんの両目から、ポロポロと大きな水の玉があふれていく。泣いている。不愛想、不器用、無表情だったミノタさんが、あふれ出した感情がこぼれるように、大粒の涙を流している。

「……なんだ？　あれ」

ミノタさんの頬を伝う涙の粒が、球体の形を保ったまま、コロコロと地面に転がる。屋上に取り付けられたライトの光を浴びたそれらは、まるでダイヤモンドのような輝きを放っている。

ミノタウロスの涙は、ダイヤに変わるのか？　それは正に、ネットには載っていない新事実だった。

「……驚いた」

腕を伸ばした妙子さんが、手にした白いハンカチで、ミノタさんの濡れた頬を拭う。

「あなたが泣くところなんて、はじめて見た。それにこんなにも、心の内を明かしてくれたのも、はじめてよね？　五十年も一緒にいて、まだまだ知らなかったことがあるだなんて。なのに、私ったら……」

そう伝える、妙子さんの声も涙声だ。

「ごめんなさい。不安になったりして。でも、もう大丈夫」

「……タエ」

「私からもお願いさせて。最期まで、そばにいて。私を、見守っていて」

「当たり前だ」

二人が交わす言葉は、まるで五十年目のプロポーズだ。

妙子さんの身体を、ミノタさんの逞しい腕が優しく包み込む。抱き合う二人の姿に安堵し、見つめていると、

「ジロジロ見てねぇで、行くぞ。二人きりにしてやるってのが、粋《いき》ってもんだろ？」

諭すようにまるをが、僕のふくらはぎを前脚でちょいちょいとつついてきた。

「そ、そうだな」

男女の機微《きび》をすべて悟ったかのようなまるをの言動に、自分の気の利かなさが恥ずかしくなる。

「待てよ、まるを」

ライトに照らされ、ひとつになった影に背を向け、僕を置いて階段へと向かうまるをを追う。

「まるを」

階段の途中、先を行くまるをを呼び止め、ここ最近ずっと心の片隅で考えていた、まるをへの問い掛けを口にした。

「僕はずっと、まるをを看取ることが、飼い主である僕の使命だと思っていた。でももしかして……」

つぶらな二つの瞳が、僕を見上げている。

「まるをはずっと生きるのか？　僕の方が、先に人生を終えるのか？　もし僕が、おまえを遺して先に逝くようなことがあるのなら……」

譲渡先をちゃんと見つけて、生前のうちに遺言を残すべきだろう。このご時世、いつどこで何があるかわからない。今すぐにでも、考えておかなければいけないのではないか？　預け先は織田っち先輩か？　いや、やはりまるをの事情を知っているカシェット緑ヶ丘の住民の誰かに頼むべきか？　何十年も先のことだとしたら、僕の妹に頼むこともできるのか？

グルグルと思考が脳内を巡る。まるをが永遠の命を持つ存在だというなら、僕も覚悟を決めてそれを受け入れなければと——。

「アホか。おめぇは」

「へ？」

「俺が不老不死かどうかだなんて、そんなの死んでみなけりゃわからんだろうが」

伝えるべき言葉を選んでいたのに、まるをにばっさり切り捨てられた。

「死んでみなけりゃって、死なないんだろう？　不老不死だったら」

「知るか！　おまえは今まで何を見てきた。どこの誰だか知らない奴が残してきた伝承や、ネットに書かれていることだけが、おまえの真実なのか？」

長年連れ添った妻の最期を看取りたいと、光る涙を流すミノタウロス。いや、ミノタさんだけではない。ここカシェット緑ケ丘で、今まで想像上の生物だとしか信じていなかった生き物に、実際に遭遇し、心を通わせてきた。真実は、どんな書物よりも伝説よりも、驚きと感動を与えてくれた。

「俺は神でも仏でもねぇ。明日のことなんて、わからねぇ。それはおまえと同じだよ」

——僕と、同じ。

「そうか。……そうだよな」

ケルベロスのまるをが、フレンチブルドッグの姿で生きていくことを決めたように、僕もまるをのすべてを受け入れた。

この先がどうなるかだなんて考えるより、共に暮らせる日々を大切に、過ごしていけばいい。

『新たな神話』は、僕たちで作らなきゃな」

まるをがミノタさんに告げた、名言を引用してみる。

「かっこよかったなぁ。あれもおまえの好きな、時代劇の名台詞か？」

「ア、アホか！　時代劇が神話を持ち出すわけないだろうが！」

「じゃあやっぱり、あれはまるを語録なのか！　しびれたなぁ」

「そんなことより腹が減ったぞ！　あの牛男、美味いもん食わせる約束、忘れちゃいないだろうな」

「あれ？　まるを、鼻の穴が膨らんでいるけれど、もしかして照れている？」

「やかましい！」

鎌をかけてみたら、図星だったようだ。どうやらまるをは、ミノタさんと同じ癖があるらしい。

「ま、今夜は二人っきりにさせてやるのが、正解かもな」

まるをの視線が、僕を越えて、屋上への扉へと向けられた。

「うん」

二人は、どんな会話を交わしているのだろう。

空には月が出ているだろうか。星々が二人を見守っているだろうか。

いつかは訪れるであろうその日まで、二人の思い出が大切に積み重ねられていきますように。

見えない星空に、僕は願った。

8

「たまげたね。これ、ジルコンだよ。ジルコン」

翌朝、ミノタさんの暴走で大きな破損は出ていないか、大家さんと屋上の安全確認をした際、床に散らばったいくつもの、青みがかった透明な小指の爪ほどの石を回収した。

「これが、ミノタさんが流した涙だったって？　それホント？　猿渡君」

「本当ですよ。この目で見ていたんですから」

ダイヤモンドの輝きにも似たこの石の正体を調べてみたいと、牛久保夫妻に許可をもらって大家さんが鑑定をしたところ（資格はないが知識はあるとのこと。博学多才《はくがくたさい》の四字熟語は、大家さんのためにあるのかもしれない）、石化したミノタさんの涙は、「ジルコン」という天然石と、まったく同じ成分や比重、光の屈折率を持っていることが判明した。

「地球上で最も古い宝石と呼ばれている鉱物だよ。ヒーリング効果の高い、パワーストーンでもある」

「そうなんですか⁉」

大家さんの説明に、僕のテンションは上がった。

「じゃあすぐに、牛久保さんたちに届けないと！　この石が、妙子さんの病魔もやっつけてくれるかもしれないですもんね！」

喜び勇んで、二〇五号室の牛久保宅へ駆けていった僕だけれど――

それは、季節が秋から冬に変わった、寒いある日のことだった。

妙子さんが、亡くなった。

住み慣れたカシェット緑ヶ丘の部屋で、在宅緩和ケアを受けていた妙子さん。太古の宝石の力でも、彼女の病は癒えなかった。

奇跡が起きるのではと、信じて疑わなかったお気楽な僕は、バカみたいに落ち込んだ。

「でもね、猿渡君。妙子さんはね、大きな痛みもなく、眠るように旅立たれたそうだよ。前日まで、ミノタさんが作った食事を口にして、『美味しい』って言って、笑って会話をして、そしてミノタさんの隣で最期を迎えることができたんだよ。これは、奇跡だよ」

そう教えてくれた大家さんの言葉に、ほんの少しだけ救われた。

妙子さんは、ミノタさんの涙の石を繋げたブレスレットを、最期まで肌身離さず身に着けていたという。

「あの石にはね、哀しみを取り除き、癒してくれるパワーがあるともされているんだ。きっと妙子さんも、不安なく旅立てたと思うよ。それに、自己治癒力《ちゆりよく》みたいなものだけれど、ミノタさんもあの石があれば……、ちゃんと立ち直れるんじゃないかな」

大家さんの言葉には、確信と期待、そして希望が込められていた。

親しくしていた親族も、ご兄弟もいなかった妙子さんの葬儀は、長年の付き合いがあった大家さんとYUDAさんのみが参列し、ごくささやかに行われた。

その後ミノタさんは、「タエの最後の願いだから」と、妙子さんの遺骨を彼女の生まれ故郷の信州の山に散骨する手配を進め、そのすべてを終えて、カシェット緑ヶ丘に帰ってきた。

やけに大きな荷物を抱えて。

「たくさん、泣いてしまった」

妙子さんが亡くなった直後も、葬儀の場でも我慢できたけれど、信州の山で最後の別れをしてひとりになると、涙が止まらずに、宝石化した涙をそのままにしておくこともできず、持ち帰ってきたらしい。

管理人室で出迎えた僕とまるをに、ミノタさんは涙の宝石がぎっしり詰め込まれたボストンバッグを開いて見せてくれた。

「たくさん泣いたから、もう大丈夫だ」

「この石は、哀しみを癒すパワーがあるらしいですよ」

大家さんからの受け売りを、ミノタさんに伝える。

「そうか」

短く答えると、ミノタさんは自分の左手首を見つめた。

「だからか」

そこには、涙の宝石で作られたブレスレットが光っていた。恐らく、妙子さんが着けていた物だろう。

「大切に、すべきだな」

石の詰まったバッグを大事そうに抱え、頭をひとつ下げて二〇五号室へと向かうミノタさんを、僕はまるをと一緒に見送った。
少しの不安を抱きながら――。

妙子さん亡きあと、ひとりになったミノタさんは、このままカシェット緑ヶ丘に住み続けてくれるのだろうか。二人の思い出が詰まった場所で、ひとりで暮らすのは辛すぎるのではないか。そんな風に考えていた。

次の朝、ミノタさんが管理人室を訪ねてくるまでは。

「おはようございます。どうしましたか？」

「これを、作った」

差し出されたのは、ミノタさんの涙の石を繋いだストラップだった。

「礼だ。色々、世話になった」

ミノタさんの手作りだろうか。ゴツい手をしているのに、こんなにも手先が器用だったとは。いやそんなことより、

「ミノタさん、やっぱりここを出て行ってしまわれるんですか？」

「何を、言っている」

「だってこれって、餞別《せんべつ》的な何かじゃ」

「礼だと言っているだろう。癒しのパワーは、実証済みだ」

「本当ですか？　引っ越したりしませんか？」

「しない。ここには、タエとの思い出が、たくさんある。仲間もいる。出て行くわけがない」

ミノタさんの言葉に、心の底から安堵する。

「そうですよね。あぁよかった。まるを、よかったな。ミノタさん、ここにいてくれるって」

興奮する僕に、まるをは「当然だろ」みたいな顔をして、「フンッ」とひとつ鼻息で応えた。

「では、出掛けてくる」

「行ってらっしゃい。今日はどちらへ？」

「物件を見に」

「物件!?」

なんで物件？　出ていかないと聞いたのは、空耳《そらみみ》だったのか？

「また、店をやる。タエとの、約束だから」

「ああ、そうなんですね。うわぁ、それは楽しみだなぁ。『みのきち』の復活ですか？」

「何をやるかは、考え中だ。タエが、好きだったものを、メニューにしていこうと思う」

「いいですね」

新たな形で、ミノタさんのそばには、いつまでも妙子さんがいるのだろう。

「犬用のメニューも、用意するつもりだ」

いきなりまるをが僕の膝に飛び乗り、

「ばう」

と、ひと声、ミノタさんに吠えた。「犬用のメニュー」を聞きつけたらしい。まったく現金な奴である。

「じゃあ」

軽く手を上げて、エントランスを出て行くミノタさん。

ミノタさんは、笑えていた。僕とまるをに向けられたのは、大きな山をひとつ乗り越えた達成感に満ちたような、晴れ晴れとした笑顔だった。

「ようし、まるを。僕たちも張り切って行くぞ！　館内点検に出動だ！」

打てば響くような返事はなかったけれど、それでもまるをは「しょうがねぇなぁ」といった足取りで、僕のあとをついてくる。可愛い奴である。

喜び、哀しみ、嬉しいこと、楽しいこと、時には腹の立つこともあるけれど、まるをと過ごすかけがえのない日々を、一日一日、大切にしていこう。

そのことに気づかせてくれた、牛久保夫妻に感謝を。

そして、妙子さんに祈りを。

エントランスからマンションを仰ぎ、感じ入る。

ふと足元を見れば、短い首をもたげて、まるをも僕と一緒に、カシェット緑ヶ丘を見上げていた。

胸に抱いた願いが、この小さな相棒と、同じであればいいなと、僕は切に願うのだった。

光文社文庫

文庫書下ろし

ペット可《か》。ただし、魔物《まもの》に限《かぎ》る　ふたたび

著　者　松《まつ》本《もと》みさを

2022年3月20日　初版1刷発行

発行者　鈴　木　広　和
印　刷　萩　原　印　刷
製　本　ナショナル製本

発行所　株式会社　光　文　社
〒112-8011　東京都文京区音羽1-16-6
電話（03）5395-8149　編　集　部
8116　書籍販売部
8125　業　務　部

落丁本・乱丁本は業務部にご連絡くだされば、お取替えいたします。
ISBN978-4-334-79322-7　Printed in Japan

組版　萩原印刷